絶叫学級

人気者の正体 編

いしかわえみ・原作/絵
桑野和明・著

集英社みらい文庫

絶叫学級《ぜっきょうがっきゅう》

人気者の正体 編

68時《じ》間《かん》目《め》

顔《かお》少《しょう》女《じょ》

プロローグ

皆《みな》さん、こんにちは。
絶叫学級《ぜっきょうがっきゅう》へようこそ。
私《わたし》の名前《なまえ》は黄泉《よみ》。
恐怖《きょうふ》の世界《せかい》の案内人《あんないにん》です。
つやのある長《なが》い黒髪《くろかみ》と金色《きんいろ》に輝《かがや》く瞳《ひとみ》をした女《おんな》の子《こ》です。
あ………下半身《かはんしん》のことですか？
別《べつ》に見《み》えていなくても、問題《もんだい》ありません。
こうやって、皆《みな》さんとお話《はな》しすることができるのなら………。
それでは、授業《じゅぎょう》を始《はじ》めましょう！
皆《みな》さんはメイク――お化粧《けしょう》をしたことがありますか？

女《おんな》の子《こ》にとって、メイクはあこがれです。
肌《はだ》をきれいに見《み》せるファンデーション。
目元《めもと》に陰影《いんえい》をつけるアイシャドウ。
唇《くちびる》に光沢《こうたく》をもたせるグロス。
女《おんな》の子《こ》の理想《りそう》の顔《かお》をつくる、いろんなメイクアイテムがあります。
今回《こんかい》は、そんなメイクにまつわるお話《はなし》です。

「ねぇ、今月《こんげつ》の『プチラブ』の表紙《ひょうし》見《み》た？」

朝《あさ》の教室《きょうしつ》で、数人《すうにん》の女《おんな》の子《こ》たちがおしゃべりをしていた。

「『プチラブ』ってファッション雑誌《ざっし》の？」

「うん。これだよ」

ひとりの女《おんな》の子《こ》が雑誌《ざっし》を机《つくえ》の上《うえ》におく。

その表紙《ひょうし》にはかわいらしい女《おんな》の子《こ》の写真《しゃしん》がのっていた。柔《やわ》らかくウェーブしたロングヘア、くっきりとした二重《ふたえ》まぶたに白《しろ》い肌《はだ》。ぷっくりとした唇《くちびる》にはグロスがぬられていて、胸元《むなもと》が開《あ》いた淡《あわ》いピンク色《いろ》のニットを着《き》ていた。

「あっ、桃花《ももはな》スイちゃんが表紙《ひょうし》なんだ。かわいいよねぇ、この子《こ》」

「私《わたし》たちと同《おな》じ小学《しょうがく》六年生《ねんせい》で、今《いま》、一番人気《いちばんにんき》の読《どく》モだよ。小顔《こがお》でスタイルいいし、メイクがうまいんだよね」

「うんうんっ！　このグロスの色《いろ》、すごくきれい」

（やっぱり、スイちゃんに人気《にんき》だなぁー）

クラスメイトの会話《かいわ》をろうか側《がわ》の席《せき》で聞《き》いていた栗原果林《くりはらかりん》は、教科書《きょうかしょ》にはさんでいたスイの写真《しゃしん》に視線《しせん》を落《お》とした。それは果林《かりん》が雑誌《ざっし》から切《き》り抜《ぬ》いたものだった。流行《りゅうこう》の服《ふく》を着《き》てポーズをとっているスイの姿《すがた》が、輝《かがや》いているように見《み》える。

（それにくらべて、私《わたし》は………）

果林《かりん》は自分《じぶん》の姿《すがた》を確認《かくにん》する。もっさりとしたセミロングの髪《かみ》に輝《かがや》きの少《すく》ない目《め》、服《ふく》はディスカウントストアで母親《ははおや》が買《か》ってくれたボーダーのセーターと紺色《こんいろ》のパンツだ。

（地味《じみ》でかわいくない服《ふく》。まあ、私《わたし》がかわいい服着《ふくき》ても、意味《いみ》ないか。メイクだってしたことないし）

机《つくえ》の上《うえ》にひじをつき、ほおを右手《みぎて》で支《ささ》える。

（私《わたし》なんかがメイクや服《ふく》にこだわってもね。スイちゃんみたいに、もとがよかったら意味《いみ》があるんだろうけど）

ため息《いき》をついて、スイの切《き》り抜《ぬ》きを見《み》つめる。

(もし、私《わたし》がスイちゃんみたいにかわいかったら………)

「おはよー」

扉《とびら》が開《あ》き、背《せ》の高《たか》い男《おとこ》の子《こ》が教室《きょうしつ》に入《はい》ってきた。男《おとこ》の子《こ》は、切《き》れ長《なが》の目《め》に鼻筋《はなすじ》の通《とお》った美《うつく》しい顔《かお》立《だ》ちをしていた。すらりとした体形《たいけい》で足《あし》が長《なが》く、ブランド物《もの》のパーカーをさりげなく着《き》こなしている。

(あ、春馬《はるま》くんだ………)

果林《かりん》の顔《かお》が熱《あつ》くなった。

(やっぱり、春馬《はるま》くんはかっこいいな。男《おとこ》の子《こ》なのに色白《いろじろ》で肌《はだ》がきれいだし、おまけに頭《あたま》もいいんだもん)

「春馬《はるま》くん、おはよーっ!」

クラスで一番《いちばん》目《め》立《だ》っているマユミが、ポニーテールをゆらしながら春馬《はるま》にかけ寄《よ》る。

「ねえ、春馬《はるま》くん。今日《きょう》の私《わたし》って、何《なに》かちがうと思《おも》わない?」

「んっ………?」

春馬《はるま》がぱちぱちとまばたきをする。

「もしかして、唇《くちびる》に何《なに》かぬってる？」

「あたりーっ！　お姉《ねえ》ちゃんのグロスを借《か》りたの」

マユミが自分《じぶん》の唇《くちびる》を指《ゆび》さす。

「きれいな色《いろ》だと思《おも》わない？」

「おーっ、ちょっと大人《おとな》っぽい感《かん》じだね」

「春馬《はるま》くんっ！」

別《べつ》の女《おんな》の子《こ》が春馬《はるま》の肩《かた》をたたいた。

「じゃあ、私《わたし》のちがいはわかる？」

「髪形《かみがた》だよな。今日《きょう》はツインテールになってる」

「あたったー。ちゃんと見《み》てくれてたなんて、うれしいっ！」

女《おんな》の子《こ》たちは競《きそ》うように春馬《はるま》に声《こえ》をかけている。

その様子《ようす》を果林《かりん》はうらやましくながめていた。

（マユミちゃんのグループって、オシャレでかわいい子《こ》が多《おお》いからなぁー。自分《じぶん》に自信《じしん》が

あるから、春馬《はるま》くんとおしゃべりができるんだろうな）
唇《くちびる》を強《つよ》く結《むす》んで、果林《かりん》はこぶしを固《かた》くする。
（やっぱり、『かわいい』は正義《せいぎ》なんだ）

チャイムが鳴《な》り、担任《たんにん》の鈴木先生《すずきせんせい》が教室《きょうしつ》に入《はい》ってきた。

「はい、みんな、席《せき》について」

鈴木先生《すずきせんせい》は教壇《きょうだん》に立《た》つと、生徒《せいと》たちを見《み》まわした。

「全員《ぜんいん》いるみたいね。じゃあ、転校生《てんこうせい》を紹介《しょうかい》するから。入《はい》ってきて」

メガネをかけた女《おんな》の子《こ》が教室《きょうしつ》に入《はい》ってきた。女《おんな》の子《こ》は胸元《むなもと》まで届《とど》く髪《かみ》をゆらして、先生《せんせい》のとなりに並《なら》んだ。淡《あわ》い色《いろ》のグロスをぬっている唇《くちびる》のはしが、わずかにあがっている。

（きれいな子《こ》だなぁ。小顔《こがお》でスタイルがよくて、服《ふく》もブランド物《もの》じゃん。お金持《かねも》ちの子《こ》なのかな）

果林《かりん》はじっと女《おんな》の子《こ》を見《み》つめる。

（あれ？　どこかで見《み》たような………）

女《おんな》の子《こ》は、笑《え》みの形《かたち》をつくっていた唇《くちびる》を開《ひら》いた。

「桃花《ももはな》スイです。よろしくお願《ねが》いします」

その言葉《ことば》に、思《おも》わず果林《かりん》はイスから立《た》ちあがった。

「ス、スイちゃん？」

「あ、ホントだ。あの子《こ》、読《どく》モのスイちゃんだよ」

クラスメイトたちが驚《おどろ》きの声《こえ》をあげた。

「ウソっ？　なんで、スイちゃんがうちのクラスに？」

「えっ？　本物《ほんもの》なの？」

「まちがいないよ。メガネかけてるけど、絶対《ぜったい》にスイちゃんだって！」

教室《きょうしつ》の中《なか》がハチの巣《す》をつついたような騒《さわ》ぎになった。

「はいはい、落《お》ち着《つ》いて！」

鈴木先生《すずきせんせい》がパンパンと両手《りょうて》をたたいた。

「スイさんのことはみんな知《し》ってるみたいね。スイさんはお父《とう》さんの仕事《しごと》の都合《つごう》で、この町《まち》に引《ひ》っ越《こ》してきたの。有名人《ゆうめいじん》でも、みんなと同《おな》じ小学《しょうがく》六年生《ねんせい》だからね。仲良《なかよ》くするのよ」

クラスメイトたちが口《くち》を半開《はんびら》きにしたまま、首《くび》をたてに振《ふ》る。自分《じぶん》たちのクラスにスイが転校《てんこう》してきたことが、まだ、信《しん》じられないようだ。

それは果林《かりん》も同《おな》じだった。あこがれていたスイが同《おな》じ教室《きょうしつ》の中《なか》にいる。それだけで、呼《こ》吸《きゅう》が荒《あら》くなる。

「じゃあ、スイさんは窓際《まどぎわ》の一番《いちばん》うしろの席《せき》ね」

「はい」と返事《へんじ》をして、スイが歩《ある》きだす。背筋《せすじ》をぴんと伸《の》ばした歩《ある》き方《かた》には、モデルらしい美《うつく》しさがあった。

(こんなことってあるんだ……………。あのスイちゃんが、うちのクラスに転校《てんこう》してくるなんて)

「それじゃあ、授業《じゅぎょう》を始《はじ》めます。今日《きょう》は立体《りったい》の体積《たいせき》の求《もと》め方《かた》を…………」

果林《かりん》には鈴木《すずき》先生《せんせい》の声《こえ》が聞《き》こえていなかった。窓際《まどぎわ》の席《せき》に座《すわ》っているスイの姿《すがた》を、視線《しせん》が固定《こてい》されてしまったかのように凝視《ぎょうし》する。

(夢《ゆめ》………じゃないよね)

果林《かりん》はスイを見《み》つめながら、自分《じぶん》のほおをつねった。

一時間目《じかんめ》の授業《じゅぎょう》が終《お》わって休《やす》み時間《じかん》になると、スイの周《まわ》りに女《おんな》の子《こ》たちが集《あつ》まった。

女《おんな》の子《こ》たちは次々《つぎつぎ》とスイに質問《しつもん》する。

「ねっ、スイちゃん。モデルの仕事《しごと》って、どんな感《かん》じ？」

「かわいい服《ふく》、いっぱい着《き》られるんだよね？」

「芸能人《げいのうじん》に会《あ》えるの？」

「やっぱ、メイク上手《じょうず》だねー。眉《まゆ》もきれいに整《ととの》えてるし。どんなメイク道具《どうぐ》使《つか》ってるの？」

スイはにこやかに微笑《ほほえ》みながら、女《おんな》の子《こ》たちとおしゃべりをしている。

となりの席《せき》にいる晴子《はるこ》が、果林《かりん》に顔《かお》を寄《よ》せてきた。晴子《はるこ》は果林《かりん》と同《おな》じクラスで目立《めだ》たないグループの友《とも》だちで、少《すこ》しぽっちゃりしたおとなしい子《こ》だ。

「スイちゃん、すごい人気《にんき》だね。私《わたし》たちが話《はな》しかけるのは無理《むり》かなぁー」

「うん……………」

暗《くら》い声《こえ》が自分《じぶん》の口《くち》からもれる。

（メイクもしてないし、服《ふく》だっていまいちな私《わたし》が、スイちゃんに声《こえ》なんてかけられるわけないよ………)

果林《かりん》は奥歯《おくば》を強《つよ》くかみしめた。


放課後《ほうかご》、果林《かりん》は夕陽《ゆうひ》に照《て》らされた通学路《つうがくろ》をひとりで歩《ある》いていた。その足《あし》どりは重《おも》く、いつもより疲《つか》れていた。

(結局《けっきょく》、スイちゃんに話《はな》しかけられなかったな。せっかく、同《おな》じクラスになったのに)

だらりとさげていた両手《りょうて》をにぎりしめる。

(もっと、私《わたし》がきれいだったら、気軽《きがる》にスイちゃんに話《はな》しかけられるのに………)

そんなことを考《かんが》えながら、交差点《こうさてん》に向《む》かった。

「あっ………」

横断歩道《おうだんほどう》の前《まえ》で信号待《しんごうま》ちをしているスイの姿《すがた》が目《め》に入《はい》った。

「ス………スイちゃん?」

思《おも》わず、果林《かりん》は電信柱《でんしんばしら》の陰《かげ》にかくれた。

(もしかして、スイちゃんの家《いえ》って、うちの近所《きんじょ》なのかな)

数《すう》メートル先《さき》にいるスイの横顔《よこがお》をじっと見《み》つめる。

(うわぁー、まつげ長《なが》いなぁー。メガネの奥《おく》の目《め》も大《おお》きいし、肌《はだ》も白《しろ》くてきれい。私《わたし》とはちがう生《い》き物《もの》だよ)

その時《とき》、急《きゅう》にスイが振《ふ》りむき、果林《かりん》と目《め》が合《あ》った。

「あれ？　あなた………」

スイは果林《かりん》に近《ちか》づきながら、整《ととの》った唇《くちびる》を動《うご》かす。

「同《おな》じクラスだったよね？　名前《なまえ》………」

「あっ、く、栗原果林《くりはらかりん》」

果林《かりん》は顔《かお》を熱《あつ》くして、自分《じぶん》の名前《なまえ》を言《い》った。

「ごめんね。まだ、クラス全員《ぜんいん》の名前《なまえ》を覚《おぼ》えてなくて」

「ううん。大丈夫《だいじょうぶ》だよ。今日《きょう》、転校《てんこう》してきたばかりなんだし」

ぶんぶんと首《くび》を左右《さゆう》に振《ふ》って、果林《かりん》は言葉《ことば》を続《つづ》ける。

「あ、あの………スイちゃんに聞《き》きたいことがあって………」

「んっ？　何《なに》？」

「…………私《わたし》みたいな顔《かお》でも、メイクしたら、スイちゃんみたいになれるかな？」

「私《わたし》みたいに？」

スイがきょとんとした表情《ひょうじょう》になる。

「ち、ちがうの。スイちゃんと同《おな》じぐらいかわいくなれるなんて、そんな大《だい》それたことは考《かんが》えてなくて。そこは無理《むり》なのわかってるから。でも、今《いま》の自分《じぶん》より少《すこ》しでもましになるならって…………無理《むり》だよね。ご、ごめんなさい！」

「ごめんなさいって…………ぷっ」

スイが口《くち》を大《おお》きく開《あ》けて笑《わら》いだした。

「なんで、私《わたし》にあやまってるの。あははっ！」

「あ…………あれっ？」

（スイちゃんがめちゃくちゃ笑《わら》ってる。そんなにおもしろかったのかな？　笑《わら》わせるつもりなんてなかったのに）

「ふ、ふふっ、果林《かりん》ちゃんっておもしろいね」

スイはメガネをずらして、目《め》のふちに浮《う》かんだ涙《なみだ》をぬぐった。

「えーと、メイクしたら私《わたし》みたいになれるか、だよね？」

「うっ、うん」

「なれるよ。今《いま》すぐにでも」

「今《いま》すぐっ？」

果林《かりん》の声《こえ》が大《おお》きくなった。

「それってどういう……」

「メイクの仕方《しかた》を教《おし》えてあげるってこと。私《わたし》の家《いえ》においでよ」

そう言《い》って、スイはウインクした。

スイの家《いえ》は駅前《えきまえ》の高層《こうそう》マンションの最上階《さいじょうかい》だった。両親《りょうしん》は留守《るす》のようで、スイはただいまを言《い》うこともなく、自分《じぶん》の部屋《へや》に向《む》かった。

スイが部屋《へや》のドアを開《あ》けると、化粧品《けしょうひん》の甘《あま》い香《かお》りがただよってきた。

「ほら、入《はい》って」

「う、うん」

果林《かりん》はおずおずと部屋《へや》に入《はい》る。部屋《へや》は八畳《じょう》ほどの広《ひろ》さで、壁際《かべぎわ》には大《おお》きなクローゼットがあった。視線《しせん》をずらすと、木製《もくせい》の机《つくえ》が目《め》に入《はい》った。そこには、たくさんの化粧品《けしょうひん》がおかれている。

「うわっ！　これ、全部《ぜんぶ》スイちゃんの？」

「うん。新作《しんさく》は一通《ひととお》りためすことにしてるの」

「すごい……………。いくらぐらいするんだろう？」

「ここにあるので、十万円《じゅうまんえん》ぐらいかな」

「そんなにするのっ？」

「まあ、おこづかいだけじゃ無理《むり》だけど、読《どく》モのお給料《きゅうりょう》があるから」

スイはそう言《い》って、机《つくえ》の前《まえ》のイスをひく。

「じゃあ、ここに座《すわ》って」

「う……………うん」

果林《かりん》が座《すわ》ると、スイはブラシとヘアピンを手《て》に取《と》った。

「まずは、前髪《まえがみ》をヘアピンで留《と》めて……………。それから……………これこれ」

スイは小《ちい》さな円形《えんけい》のケースを開《ひら》く。その中《なか》には、ペールオレンジ色《いろ》のクリームが入《はい》っていた。

「これは、ヒミツのファンデーションなの」

「ヒミツ？」

「そう。普通《ふつう》のお店《みせ》には売《う》ってない特別《とくべつ》な…………」

「特別《とくべつ》…………」

果林《かりん》のノドがゴクンと鳴《な》る。

「うーん……グロスはこの色《いろ》でいいかな。あと、眉毛《まゆげ》も整《ととの》えちゃおう」

「で、でも…………」

「いいから。私《わたし》にまかせておいて！」

そう言《い》って、スイは化粧水《けしょうすい》のキャップを開《ひら》いた。

二十分後《ぷんご》、鏡《かがみ》に映《うつ》った自分《じぶん》の顔《かお》を見《み》て、果林《かりん》はぽかんと口《くち》を開《あ》けた。

整《ととの》った眉毛《まゆげ》に明《あか》るくなった肌《はだ》の色《いろ》、マスカラのせいか、いつになく目《め》が大《おお》きく見《み》える。

グロスをぬった唇《くちびる》はつやがあり、いつもよりぷっくりしているように見《み》えた。

「これが……私《わたし》？」

「ねっ、かわいくなったでしょ」

背後《はいご》から、スイが果林《かりん》の肩《かた》に手《て》をのせる。

「ちょっとメイクしただけでも、ガラッと雰囲気《ふんいき》変《か》えられるからね」

「でも、こんなに私《わたし》がかわいくなるなんて……」

果林《かりん》はまばたきもせずに、鏡《かがみ》の中《なか》の自分《じぶん》を見《み》つめる。

(こんなことってあるんだ。まるで魔法《まほう》だよ)

「……スイちゃん」

「ん？　何《なに》？」

「スイちゃんって、魔法使《まほうつか》いなの？」

「そんなわけないでしょ」

「じゃあ、女神《めがみ》？」

「人間《にんげん》だって」

スイは苦笑《くしょう》する。

「ほんと、果林《かりん》ちゃんっておもしろいね」

「そうかな。自分《じぶん》じゃよくわからないけど」

「きっと、クラスの人気者《にんきもの》でしょ？」

「そっ、そんなことないよ」

あわてて、果林《かりん》は否定《ひてい》した。

「私《わたし》はクラスでも目立《めだ》たないグループだし、人気《にんき》なんてないって」

「ふーん……そうなんだ」

「やっぱり、人気《にんき》がある子《こ》はかわいいしオシャレだよ。もちろん、スイちゃんにはかなわないけど」

「……ねえ、果林《かりん》ちゃん。明日《あした》の朝《あさ》もうちに来《き》てよ」

「明日《あした》の朝《あさ》って、学校《がっこう》は？」

「だから、学校《がっこう》に行《い》く前《まえ》にだよ」

スイが果林《かりん》のほおにふれた。

「明日《あした》もメイクしてあげるから。それに服《ふく》も貸《か》してあげる」

「ええっ？　スイちゃんの服《ふく》を？」

「うん。きっと、果林《かりん》ちゃんに似合《にあ》う服《ふく》があると思《おも》うよ」

そう言《い》って、スイはクローゼットに向《む》かう。重《おも》そうな扉《とびら》を開《ひら》くと、中《なか》にはカラフルな服《ふく》がずらりと並《なら》んでいた。

ギンガムチェックのワンピース、フリルのついたプルオーバー、あざやかな色《いろ》のティアードスカート。どれも有名《ゆうめい》なブランドの服《ふく》だった。

「これを私《わたし》が……………」

かすれた声《こえ》が自分《じぶん》の口《くち》からもれた。


次《つぎ》の日《ひ》の朝《あさ》、果林《かりん》は深呼吸《しんこきゅう》をして教室《きょうしつ》の扉《とびら》を開《あ》けた。

「お、おはよう」

「おはよう……………あれ？」

晴子《はるこ》が驚《おどろ》いた顔《かお》で果林《かりん》にかけ寄《よ》った。

「果林《かりん》、メイクしてるの？」

「う、うん。スイちゃんがやってくれて………」

果林《かりん》はとなりで微笑《ほほえ》んでいるスイをちらりと見《み》た。

「この服《ふく》もスイちゃんから借《か》りたんだ。リサリサのシャツとプリーツスカート」

「リサリサって、芸能人《げいのうじん》がよく着《き》てるブランドじゃん。すごいっ！」

晴子《はるこ》の声《こえ》を聞《き》いて、クラスメイトたちが集《あつ》まってきた。

「うそーっ！　本当《ほんとう》にあんた、果林《かりん》なの？」

「めちゃかわいくなってるじゃん。なんでっ？」

「スイちゃんにメイクしてもらったんだって」

「えーっ、ずるーい！」

「ねぇ、それ、どこのグロス？」

「私《わたし》も知《し》りたい。教《おし》えてよ！」

「え、えーと………」

果林《かりん》はクラスメイトたちの質問《しつもん》に答《こた》える。

(メイクして、かわいい服《ふく》を着《き》ただけで、みんなの反応《はんのう》がこんなに変《か》わるんだ。びっくりだよ)

うらやましそうな顔《かお》で自分《じぶん》を見《み》ている女《おんな》の子《こ》たちの視線《しせん》が気持《きも》ちいい。

「へーっ、果林《かりん》がきれいになったって？」

春馬《はるま》がクラスメイトをかきわけるようにして、果林《かりん》に近《ちか》づいてきた。

(あ……春馬《はるま》くん)

果林《かりん》の顔《かお》が、熟《う》れたリンゴのように赤《あか》くなった。

(うわっ、春馬《はるま》くんが私《わたし》の顔《かお》をこんなに近《ちか》くで見《み》てる。ど、どうしよう)

春馬《はるま》の視線《しせん》を感《かん》じて、果林《かりん》の口《くち》の中《なか》がからからに乾《かわ》く。

「……本当《ほんとう》だ。かわいいな」

その言葉《ことば》に、果林《かりん》の心臓《しんぞう》がはねた。

(ウソっ？　春馬《はるま》くんが私《わたし》のこと、かわいいって言《い》ってくれた)

なんと答《こた》えていいかわからずに、果林《かりん》はぱくぱくと口《くち》を動《うご》かす。

スイが果林の耳元に口《くち》を寄《よ》せた。

「ねっ、メイクしてよかったでしょ？」

「う、うん………」

果林《かりん》はこくりとうなずいた。

「スイちゃんのおかげだよ。ありがとう」

その時《とき》、チャイムが鳴《な》って、鈴木先生《すずきせんせい》が教室《きょうしつ》に入《はい》ってきた。

果林《かりん》たちは自分《じぶん》の席《せき》に移動《いどう》する。

「はい、おはよう。朝《あさ》の会《かい》を始《はじ》めますよ…………んっ？」

鈴木先生《すずきせんせい》の視線《しせん》が果林《かりん》に向《む》いた。

「………果林《かりん》さん」

「は、はい」

先生《せんせい》に名前《なまえ》を呼《よ》ばれて、果林《かりん》はイスから立《た》ちあがった。

「一時間目《じかんめ》が終《お》わったら、いっしょに職員室《しょくいんしつ》に来《き》て」

「え？　職員室《しょくいんしつ》？」

「ええ。ちょっと話《はなし》があるから………」

「…………はい」

返事《へんじ》をして、果林《かりん》はイスに腰《こし》をおろす。

(鈴木先生《すずきせんせい》、変《へん》な顔《かお》してたな。どうしたんだろう?)

職員室《しょくいんしつ》に入《はい》ると同時《どうじ》に、鈴木先生《すずきせんせい》は果林《かりん》の顔《かお》をのぞきこんだ。

「あなた、メイクしてるでしょ?」

「あ…………」

「どうして、そんなことするの? 果林《かりん》さんはまじめな子《こ》だと思《おも》っていたのに」

「でっ、でも、私以外《わたしいがい》の子《こ》もメイクしてます! 紗季《さき》ちゃんだって、リオちゃんだって」

「だから、自分《じぶん》もやっていいの? みんなが信号無視《しんごうむし》するなら、自分《じぶん》もするの?」

「それは…………」

「本当《ほんとう》にもう…………」

鈴木先生《すずきせんせい》はため息《いき》をついて、細《ほそ》い腕《うで》を組《く》む。

「紗季《さき》さんにもリオさんにも、ちゃんと注意《ちゅうい》してるの。メイクしている子《こ》には全員《ぜんいん》ね」

「じゃあ、スイちゃんにも注意《ちゅうい》したんですか？」

「スイさんはいいのよ」

「えっ？　どうしてですか？」

「あの子《こ》は肌《はだ》が弱《よわ》いらしいのよ」

「肌《はだ》が……」

「ええ。顔《かお》の部分《ぶぶん》の肌《はだ》が弱《よわ》くてね。それで、ファンデーションをぬって守《まも》っているのよ」

「そう……だったんだ」

果林《かりん》はスイの顔《かお》を思《おも》いだす。

（たしかに、スイちゃんは厚《あつ》めにファンデーションをぬってた気《き》がする。そんな事情《じじょう》もあったのか）

「それに、スイさんは読者《どくしゃ》モデルの仕事《しごと》があるでしょ。有名人《ゆうめいじん》だし、素顔《すがお》を見《み》せるのは所《しょ》属事務所《ぞくじむしょ》が禁止《きんし》してるみたいだから。あなたとスイさんは立場《たちば》がちがうのよ」

「立場《たちば》が……」

「とにかく、メイクを続《つづ》けるのなら、あなたの親御《おやご》さんに連絡《れんらく》することになるから。それでいいの？」

「…………いいえ」

「それなら、次《つぎ》の授業《じゅぎょう》までに、ちゃんとメイクを落《お》としてきなさい」

鈴木先生《すずきせんせい》の言葉《ことば》に、果林《かりん》は無言《むごん》でうなずいた。


洗面所《せんめんじょ》で顔《かお》を洗《あら》っていると、背後《はいご》からスイが近《ちか》づいてきた。

「果林《かりん》ちゃん…………。もしかして、鈴木先生《すずきせんせい》に怒《おこ》られたの？」

「大丈夫《だいじょうぶ》。気《き》にしないで」

果林《かりん》はハンカチで顔《かお》をふきながら、呼吸《こきゅう》を整《ととの》えた。

「スイちゃんが悪《わる》いわけじゃないから」

（……そう。悪《わる》いのは私《わたし》だ。それに、私《わたし》なんかがメイクしたって意味《いみ》ないのに）

「ねえ、果林《かりん》ちゃん」

「……何《なに》？」

「今度《こんど》の日曜日《にちようび》ってあいてる？」

「日曜日《にちようび》？　どうして？」

「ちょっと、つきあってほしいんだ」

スイは果林《かりん》の右手《みぎて》を両手《りょうて》で包《つつ》むようににぎった。


日曜日《にちようび》、果林《かりん》はスイにつれられて、駅前《えきまえ》の写真《しゃしん》スタジオに来《き》ていた。

目《め》の前《まえ》では、ワンピースを着《き》たスイがカメラに向《む》かって、ポーズをとっている。ワンピースは光沢《こうたく》のある白色《しろいろ》でノースリーブ、胸元《むなもと》に花《はな》の模様《もよう》の刺繍《ししゅう》がある。まるで、妖精《ようせい》のようだ。

撮影用《さつえいよう》のライトがスイを照《て》らしていて、いつもより彼女《かのじょ》が輝《かがや》いて見《み》える。

「にっと笑《わら》ってみようか、スイちゃん」

カメラマンがそう言《い》うと、スイは唇《くちびる》のはしをキュッと吊《つ》りあげる。

「いいねーっ！　超《ちょう》かわいいよ。次《つぎ》はそのブーケを持《も》ってみようか。そうそう……顔《かお》に寄《よ》せてね。うん、バッチリだ！」

撮影中《さつえいちゅう》のスイを見《み》つめながら、果林《かりん》はスタジオの壁際《かべぎわ》でふっと息《いき》をはいた。

（やっぱり、スイちゃんはプロなんだな。写真《しゃしん》を撮《と》られている時《とき》のほうが、いつもよりきれいに見《み》える）

「果林《かりん》ちゃん」

スイがワンピースをなびかせて、果林《かりん》にかけ寄《よ》ってきた。

「それじゃあ、準備《じゅんび》しようか」

「えっ？　準備《じゅんび》って？」

「メイクするってこと。あと、服《ふく》も用意《ようい》してあるから」

「でも、私《わたし》、メイクは………」

「できないのは学校《がっこう》の中《なか》だけでしょ。今日《きょう》は日曜日《にちようび》でここはスタジオの中《なか》だから、問題《もんだい》ないって。誰《だれ》も私《わたし》たちの『かわいい』を止《と》められないんだ」

「止《と》められない………」

「ほら、こっちに来《き》て」

スイに手《て》をひっぱられて、果林《かりん》は更衣室《こういしつ》につれていかれた。

更衣室《こういしつ》で果林《かりん》はメイクされ、スイの服《ふく》と色《いろ》ちがいのワンピースを着《き》せられた。

「うん、いい感《かん》じ」

スイが果林《かりん》の姿《すがた》を見《み》て、何度《なんど》もうなずく。

「これなら、問題《もんだい》ないか」

「え？　問題《もんだい》ないって？」

「果林《かりん》ちゃんも写真《しゃしん》撮《と》ってもらうってこと」

「ええっ？　私《わたし》が？」

果林《かりん》は目《め》を丸《まる》くして、自分《じぶん》を指《ゆび》さす。

「なんで、私《わたし》の写真《しゃしん》なんて………」

「そんなに深《ふか》く考《かんが》えなくていいから。ほら、戻《もど》るよ」

スイに手《て》をひかれ、果林《かりん》はカメラの前《まえ》に立《た》たされた。

カメラマンがファインダーをのぞきながら、果林《かりん》に声《こえ》をかける。

「………うん。いいね。じゃあ、スイちゃんの横《よこ》に立《た》って」

「え？　私《わたし》がですか？」

「君《きみ》しかいないだろ。ほら、早《はや》くっ！」

「は、はい」

果林《かりん》はあわててスイのとなりに移動《いどう》する。

「それじゃあ、二人《ふたり》とも視線《しせん》はこっちね。笑《わら》って、笑《わら》って。果林《かりん》ちゃん、もっと自然《しぜん》に」

「あ……………う…………」

「そんなに緊張《きんちょう》しなくていいよ」

スイが視線《しせん》をカメラに向《む》けたまま、果林《かりん》に言《い》った。

「楽《たの》しいことでも考《かんが》えてれば、自然《しぜん》に笑顔《えがお》になるって」

「楽《たの》しいことって、東京《とうきょう》の有名《ゆうめい》なお店《みせ》でステーキ食《た》べたこととか？」

「あはは、食《た》べ物《もの》のことかー。まあ、それでもいいよ」

スイの笑《わら》い声《ごえ》を聞《き》いて、果林《かりん》の緊張《きんちょう》が一気《いっき》に解《と》けた。

「おっ、いいね。その表情《ひょうじょう》」

カメラマンがシャッターを押《お》す。

「かわいく撮《と》れてるよ」

「かわいくって………私《わたし》が？」

「うん。メイクもばっちりきまってるしね。あ、この写真《しゃしん》、次《つぎ》の『プチラブ』で使《つか》わせてもらうから」

「ええっ？　わっ、私《わたし》の写真《しゃしん》を？」

「ちょうどスイちゃんの特集《とくしゅう》ページを組《く》むことになってたからね。スイちゃんの友《とも》だちってことでさ」

「私《わたし》が雑誌《ざっし》にのる………？」

果林《かりん》は呆然《ぼうぜん》とした顔《かお》でつぶやく。

「これって………現実《げんじつ》なの？」

「現実《げんじつ》だよ」

スイが、果林《かりん》の顔《かお》にほおを寄《よ》せる。

「果林《かりん》ちゃんはメイクすると、すごくかわいくなるからね。こうなると思《おも》ってたんだ」

「こうなるって………わ、私《わたし》でいいの？　私《わたし》がスイちゃんの友《とも》だち………」

「私《わたし》と友《とも》だちになるのはイヤ？」

「そんなことないよ！」

ぶんぶんと首《くび》を左右《さゆう》に振《ふ》る。

「スイちゃんは有名人《ゆうめいじん》でかわいくて、私《わたし》なんかが友《とも》だちになれるような存在《そんざい》じゃなくて」

「私《わたし》が果林《かりん》ちゃんの友《とも》だちになりたいんだよ」

「スイちゃんが……………」

「ねっ、友《とも》だちになろうよ。いいでしょ？　あのファンデーションもあげるから」

「えっ、いいのっ？」

「うん。いっしょにかわいくなろうよ。きっと、世界《せかい》が変《か》わると思《おも》うよ」

「世界《せかい》が…………」

自分《じぶん》を照《て》らしている撮影用《さつえいよう》のライトが、より明《あか》るくなった気《き》がした。

最新号《さいしんごう》の『プチラブ』が発売《はつばい》されると、教室中《きょうしつじゅう》が大騒《おおさわ》ぎになった。

果林《かりん》とスイの写真《しゃしん》が雑誌《ざっし》にのったのだ。二人《ふたり》がワンピース姿《すがた》で微笑《ほほえ》んでいる写真《しゃしん》の上《うえ》には、『スイちゃんとお友《とも》だちの果林《かりん》ちゃん』と書《か》かれていた。

雑誌《ざっし》を手《て》にした女《おんな》の子《こ》が、果林《かりん》のところにかけ寄《よ》ってきた。

「どっ、どうして、果林《かりん》が『プチラブ』にのってるの？」

「この前《まえ》、スイちゃんと写真《しゃしん》スタジオに行《い》った時《とき》に撮《と》ってもらったんだ」

果林《かりん》はほおを赤《あか》らめて、その質問《しつもん》に答《こた》えた。

「す、すごい！　めちゃくちゃきれいに撮《と》ってもらってるじゃん」

他《ほか》のクラスメイトたちも果林《かりん》の周《まわ》りに集《あつ》まってくる。

「果林《かりん》ちゃんって、こんなにかわいかったんだ…………」

「うん。びっくりしたよ。印象《いんしょう》が全然《ぜんぜん》ちがうから」

「メイクのせいかな。目《め》が大《おお》きく見《み》えるし、肌《はだ》もすごくきれい」

「うちのクラスにモデルが二人《ふたり》もいるなんて…………」

耳《みみ》に届《とど》く言葉《ことば》のすべてが心地《ここち》よかった。

(クラスで一番目立《いちばんめだ》ってなかった私《わたし》が、こんなに注目《ちゅうもく》されるなんて。これも、メイクしたせいかな)

「よかったね、果林《かりん》ちゃん」

スイが果林《かりん》の耳元《みみもと》でささやいた。

「これで果林《かりん》ちゃんもモデルだよ。雑誌《ざっし》にのったんだし、あのカメラマンさんも、また頼《たの》みたいって言《い》ってたから」

「そ、そうなんだ？」

「うんっ！　果林《かりん》ちゃんも学校《がっこう》でメイクしていい理由《りゆう》ができたね。鈴木先生《すずきせんせい》も許《ゆる》してくれると思《おも》うよ。かわいくなることが仕事《しごと》なんだから」

「かわいくなることが仕事《しごと》……」

その言葉《ことば》は、果林《かりん》の心《こころ》に深《ふか》く刻《きざ》まれた。


次《つぎ》の日《ひ》から、果林《かりん》はメイクをして学校《がっこう》に行《い》くようになった。鈴木先生《すずきせんせい》が果林《かりん》ののっている雑誌《ざっし》を見《み》て、学校《がっこう》の中《なか》でもメイクをしていいと言《い》ってくれたのだ。

メイクをした果林《かりん》は、クラスで注目《ちゅうもく》される存在《そんざい》になった。多《おお》くの視線《しせん》が自分《じぶん》に集《あつ》まっている。目立《めだ》っていたマユミたちのグループも、自分《じぶん》を気《き》にしているのがわかった。

（みんなが私《わたし》を見《み》てる。もっと、もっときれいにならないと）

果林《かりん》はスイからもらったファンデーションを使《つか》い、おこづかいで買《か》った流行《りゅうこう》のグロスをぬった。小学生《しょうがくせい》に人気《にんき》のブランド物《もの》の服《ふく》も、親《おや》にねだって買《か》ってもらった。

きれいになったことで、果林《かりん》は積極的《せっきょくてき》にクラスメイトと会話《かいわ》ができるようになった。

今《いま》は女《おんな》の子《こ》だけじゃなく、男《おとこ》の子《こ》にも声《こえ》をかけることができる。それは、以前《いぜん》の果林《かりん》では考《かんが》えられないことだった。

(がんばるんだ。『私《わたし》なんか』なんて言《い》うのはやめて、なりたい自分《じぶん》になるために)

月曜日《げつようび》の朝《あさ》、果林《かりん》はスイの家《いえ》でメイクをしていた。

となりにいるスイがファンデーションをぬりながら、果林《かりん》に声《こえ》をかける。

「ねえ、果林《かりん》ちゃん。そろそろ告白《こくはく》したら?」

「えっ? 告白《こくはく》って?」

「果林《かりん》ちゃんって、春馬《はるま》くんのことが好《す》きでしょ?」

「あ………どっ、どうして?」

「見《み》てればわかるって」

ほおを真《ま》っ赤《か》に染《そ》めた果林《かりん》を見《み》て、スイが笑《わら》った。

「今《いま》の果林《かりん》ちゃんなら、ことわる男子《だんし》はいないと思《おも》うよ」

「告白《こくはく》………」

頭《あたま》の中《なか》に、あこがれている春馬《はるま》の姿《すがた》が浮《う》かびあがる。

（………そうだ。今《いま》の私《わたし》なら春馬《はるま》くんだって、好《す》きになってくれるかも。だって、こんなにきれいになったんだから）

「………が、がんばってみようかな」

「エライ！　じゃあ、今日《きょう》の放課後《ほうかご》なんてどう？」

「き、今日《きょう》？」

「告白《こくはく》は早《はや》いほうがいいでしょ。気合《きあ》い入《い》れてメイクしてさ」

「………じゃあ、がんばってみる！」

果林《かりん》は自分《じぶん》に言《い》い聞《き》かせるように声《こえ》を強《つよ》くした。

（よし！　今日《きょう》は念入《ねんい》りにメイクしないと）

鏡《かがみ》で確認《かくにん》しながら、スイからもらったファンデーションをぬる。

その時《とき》、右《みぎ》のほおに数個《すうこ》の吹《ふ》き出物《でもの》ができていることに気《き》づいた。それは米粒《こめつぶ》くらいの大《おお》きさで、ぷっくりとふくらんでいた。

（な、何《なに》これ？　にきびかな？　でも、ふくらんでいるところ以外《いがい》も赤黒《あかぐろ》くなって荒《あ》れてる………）

「ん？　どうかしたの？」

「あ、ううん。なんでもない」

果林《かりん》はそう答《こた》えて、パフを手《て》に取《と》った。

（こんなのメイクでかくせばいいんだ）

ファンデーションをしっかりぬると、吹《ふ》き出物《でもの》が目立《めだ》たなくなった。

（うん。これでいい。赤黒《あかぐろ》くなってたところもファンデをぬれば大丈夫《だいじょうぶ》だ）

ふっと息《いき》をはいて、果林《かりん》は胸《むね》をなでおろした。

授業《じゅぎょう》が終《お》わるとすぐに、果林《かりん》は裏庭《うらにわ》に向《む》かった。裏庭《うらにわ》には人《ひと》の姿《すがた》はなく、かたむきはじめた太陽《たいよう》が校舎《こうしゃ》の壁《かべ》を照《て》らしていた。

髪《かみ》の毛《け》を整《ととの》えながら、コナラの木《き》の陰《かげ》に移動《いどう》する。

(春馬《はるま》くん、机《つくえ》の中《なか》に入《い》れておいた私《わたし》の手紙《てがみ》に気《き》づいたかな。ちゃんと来《き》てくれるといいけど)

果林《かりん》はまぶたを閉《と》じて、深呼吸《しんこきゅう》をした。

(落《お》ち着《つ》くんだ。春馬《はるま》くんもメイクした私《わたし》をかわいいって言《い》ってくれたじゃん。絶対《ぜったい》にオッケーしてくれるよ)

「そうだ！　メイクチェックしとかないと」

果林《かりん》はランドセルを地面《じめん》において、中《なか》から手鏡《てかがみ》を取《と》りだす。

鏡《かがみ》に映《うつ》る自分《じぶん》の顔《かお》を見《み》た瞬間《しゅんかん》、全身《ぜんしん》の血《ち》が凍《こお》りついた。右《みぎ》のほおの吹《ふ》き出物《でもの》が朝《あさ》よりも増《ふ》えていたのだ。周囲《しゅうい》の皮膚《ひふ》も、赤黒《あかぐろ》くなった部分《ぶぶん》が広《ひろ》がっている。

「何《なに》……これ……」

(朝《あさ》よりひどくなってる。どうして？)

果林《かりん》は荒《あ》れたほおに手《て》をあてる。吹《ふ》き出物《でもの》にふれると、中《なか》に液体《えきたい》が入《はい》っているようなぶにょぶにょした感触《かんしょく》があった。

「ダメだ。こんな顔《かお》、春馬《はるま》くんに見《み》せられない」

ランドセルの中《なか》から、ファンデーションを取《と》りだす。

（もっとファンデを厚《あつ》くぬって、かくさないと…………）

その時《とき》、

「「せーのっ！」」

背後《はいご》から数人《すうにん》の女《おんな》の子《こ》の声《こえ》が聞《き》こえると同時《どうじ》に、大量《たいりょう》の水《みず》が頭《あたま》にかけられた。

「え………？」

果林《かりん》は呆然《ぼうぜん》とした顔《かお》で振《ふ》り返《かえ》る。

そこにはバケツを持《も》ったマユミがいた。マユミの背後《はいご》にはクラスの女《おんな》の子《こ》たちが立《た》っている。クラスで目立《めだ》つグループの子《こ》たちだ。

「ど、どうして、こんなこと………」

「はぁ？　そんなこともわかんないの？」

マユミは唇《くちびる》をゆがめるようにして笑《わら》った。

「あんたが調子《ちょうし》にのってるからだよ」

「調子《ちょうし》に………のってる？」

「一回《いっかい》雑誌《ざっし》にでたぐらいでプロのモデル気《き》どりでさ。バッカじゃないの」

「そーそー」

マユミの背後《はいご》にいた女《おんな》の子《こ》も、大《おお》きく首《くび》をたてに振《ふ》って言《い》う。

「メイクしなきゃブスのくせに、春馬《はるま》くんに告白《こくはく》なんて何様《なにさま》のつもり。水《みず》かぶって頭冷《あたまひ》やせばいいんだよ」

「あははっ！　ひっどーい」

女《おんな》の子《こ》たちの笑《わら》い声《ごえ》が果林《かりん》の耳《みみ》に届《とど》く。

（マユミちゃんたちが、そんなことを思《おも》ってたなんて。私《わたし》は、ただきれいになりたかっただけなのに………）

果林《かりん》はがくりとひざを折《お》って、両手《りょうて》を地面《じめん》についた。ぽたぽたとしずくが落《お》ちる。それはかけられた水《みず》だけではなく、果林《かりん》の目《め》からこぼれ落《お》ちた涙《なみだ》もふくまれていた。

「あれっ？」

マユミが果林《かつん》の顔《かお》を見《み》つめた。

「…………何《なに》、そのぶつぶつ。キモっ！」

「ん？　果林《かりん》の顔《かお》がどうかしたの？」

他《ほか》の女《おんな》の子《こ》たちも果林《かりん》の顔《かお》をのぞきこんでくる。

「うわっ！　何《なに》それ？　にきび…………じゃないよね」

「虫《むし》に刺《さ》されたのかな」

「メイクのやりすぎで肌荒《はだあ》れしたんじゃない？　いい気味《きみ》だよ」

「ねっ、みんなにも教《おし》えちゃおうよ」

「いいね。行《い》こっ！」

マユミたちは昇降口《しょうこうぐち》に向《む》かって歩《ある》きだす。

「まっ、待《ま》って！　誰《だれ》にも言《い》わないで！」

果林《かりん》の言葉《ことば》を無視《むし》して、マユミたちは裏庭《うらにわ》から去《さ》っていった。

「あ…………ああ…………」

全身《ぜんしん》から力《ちから》が抜《ぬ》け、周囲《しゅうい》の景色《けしき》がぼやける。

（この顔《かお》のことをみんなに知《し》られたら、誰《だれ》も私《わたし》をかわいいとは思《おも》わない。もう、終《お》わりな

んだ）

果林《かりん》は地面《じめん》に額《ひたい》をつけて、唇《くちびる》をかみしめる。

「どうしたの？　果林《かりん》ちゃん」

突然《とつぜん》、自分《じぶん》を呼《よ》ぶ声《こえ》が聞《き》こえて、果林《かりん》は顔《かお》をあげた。

目《め》の前《まえ》にスイが立《た》っていた。スイはびしょぬれになった果林《かりん》に歩《あゆ》み寄《よ》る。

「水《みず》にぬれてメイクがとれちゃったのね。早《はや》くメイク直《なお》さないと、春馬《はるま》くんが来《き》ちゃうよ」

「もう、ダメ…………」

涙声《なみだごえ》で果林《かりん》は言《い》った。

「肌荒《はだあ》れしてること、マユミちゃんたちにバレちゃったの」

「…………みたいだね」

「やっぱり、私《わたし》がかわいくなるなんて無理《むり》だったんだ。神様《かみさま》がダメって言《い》ってるんだよ」

「果林《かりん》ちゃん…………」

いつもより、スイの声《こえ》が低《ひく》くなった。

「私《わたし》もね、前《まえ》は果林《かりん》ちゃんと同《おな》じで、自分《じぶん》に自信《じしん》がなかったの」

「自信《じしん》がなかった？　スイちゃんが？」

「そう。私《わたし》は外見《がいけん》も普通《ふつう》だったから。いつも鏡《かがみ》を見《み》ては、ため息《いき》ばっかりついてたよ」

「普通《ふつう》って……そんなにかわいいのに？」

果林《かりん》は赤《あか》くなった目《め》で、スイを見《み》あげる。

「それは、これのおかげだよ」

スイは持《も》っていたポーチを開《ひら》いて、中《なか》からファンデーションのケースを取《と》りだした。

「これがあれば、私《わたし》はかわいくなれる。だから、今《いま》さらやめられないの。たとえ……」

「たとえ？」

「どんな素顔《すがお》になったとしても……」

そう言《い》って、スイは右手《みぎて》の指先《ゆびさき》でほおをひっかくような動《うご》きをした。厚《あつ》くぬられていたファンデーションがめりめりとはげる。

「あ……」

果林《かりん》は両目《りょうめ》を見開《みひら》いて、スイの顔《かお》を凝視《ぎょうし》した。

スイの顔《かお》の半分《はんぶん》はファンデーションがはがれていて、赤黒《あかぐろ》い皮膚《ひふ》が見《み》えていた。その皮《ひ》膚《ふ》には、たくさんの吹《ふ》き出物《でもの》ができている。

「ま、まさか……そのファンデーションのせいで……」

「そうだよ」

スイは赤黒《あかぐろ》い皮膚《ひふ》を動《うご》かして笑《わら》った。

「だから何《なに》？」

「だ、だからって……」

「このファンデーションを使《つか》えば素顔《すがお》はかくせるんだから、問題《もんだい》ないでしょ」

「でも……」

「果林《かりん》ちゃん……」

スイはぐっと顔《かお》を果林《かりん》に近《ちか》づけた。

「かわいくなることにくらべれば、こんなの、ささいなことだよ」

「ささいな……こと？」

「そう。かわいくなることが一番重要《いちばんじゅうよう》なんだから」

「かわいく……………」

「誰《だれ》も私《わたし》たちの『かわいい』を止《と》められないの。そうでしょ？」

スイは、ファンデーションを果林《かりん》に差《さ》しだす。

「いっしょに、誰《だれ》も追《お》いつけないところに行《い》こう！」

「わ、私《わたし》は………」

果林《かりん》は、差《さ》しだされた容器《ようき》を見《み》つめる。

（このファンデを使《つか》わなければ、肌荒《はだあ》れは治《なお》るかもしれない。でも…………）

春馬《はるま》が言《い》った言葉《ことば》を思《おも》いだした。

『へーっ、果林《かりん》がきれいになったって？』

『……本当《ほんとう》だ。かわいいな』

（春馬《はるま》くん……私《わたし》をかわいいって言《い》ってくれた。メイクした私《わたし》をかわいいって、ほめてくれた）

果林《かりん》は震《ふる》える手《て》で、スイからファンデーションを受《う》けとった。

三年後《ねんご》。

小学生《しょうがくせい》の女《おんな》の子《こ》がリビングでメイクをしていた。女《おんな》の子《こ》はパフでほおを押《お》さえながら、視線《しせん》をテレビに向《む》けている。

大型《おおがた》の液晶《えきしょう》テレビの画面《がめん》には、果林《かりん》が映《うつ》っていた。

若《わか》いアナウンサーが笑顔《えがお》で果林《かりん》をむかえる。

「今日《きょう》のゲストは、雑誌《ざっし》やＣＭ《シーエム》で大人気《だいにんき》の果林《かりん》ちゃんです」

「よろしくお願《ねが》いします」

テレビの中《なか》の果林《かりん》は十五歳《さい》になっていた。ノースリーブのワンピースを着《き》て、にこやかに微笑《ほほえ》んでいる。

「いやぁー、本当《ほんとう》にかわいいですね。メイクはヘアメイクさんを使《つか》わずに自分《じぶん》でされているとか」

「はい。自分《じぶん》の顔《かお》のことは、自分《じぶん》が一番《いちばん》わかってますから」

そう言《い》って、果林《かりん》は小首《こくび》をかしげる。

「それに、特別《とくべつ》なファンデを使《つか》ってるんで」

「へーっ、果林《かりん》ちゃんが使《つか》っているファンデーション、気《き》になりますねぇ。そうそう、気《き》になるといえば、小学生《しょうがくせい》のころからおつきあいしている彼氏《かれし》がいるとか」

「ふふっ、それはナイショです」

「気《き》になるけど、ナイショならしょうがないなあ。では、これだけは教《おし》えてください」

「ん？　なんですか？」

「かわいくなる秘訣《ひけつ》とは？」

アナウンサーの質問《しつもん》に、果林《かりん》は唇《くちびる》の両《りょう》はしをわずかに吊《つ》りあげる。

「いつでも、前向《まえむ》きな気持《きも》ちでいること、かな」

カメラが果林《かりん》の顔《かお》をズームアップした。

画面《がめん》の中《なか》の果林《かりん》は、肩《かた》にかかる髪《かみ》の毛《け》をゆらして微笑《ほほえ》んでいる。

大《おお》きく映《うつ》しだされた彼女《かのじょ》のあごのあたりは、ファンデーションがはげていて、赤黒《あかぐろ》くなった皮膚《ひふ》の一部《いちぶ》が見《み》えていた。

エピローグ

六十八時間目《じかんめ》の授業《じゅぎょう》はいかがでしたか？
クラスで目立《めだ》たない少女《しょうじょ》。
少女《しょうじょ》は特別《とくべつ》なファンデーションを手《て》に入《い》れて、きれいになることができました。
しかし、そのファンデーションにはヒミツがあったのです。
長《なが》く使《つか》いつづけると、皮膚《ひふ》がただれるというヒミツが……。
それでも、少女《しょうじょ》はファンデーションを使《つか》いつづけました。
『かわいい』をやめないために……。
そして、少女《しょうじょ》はテレビに出《で》るほど有名《ゆうめい》になったのです。
きっと、少女《しょうじょ》は幸《しあわ》せなのでしょう。
彼氏《かれし》との交際《こうさい》も順調《じゅんちょう》のようですし。

『かわいい』とは、一体《いったい》なんでしょう？
正義《せいぎ》？　あこがれ？　それとも………。
答《こた》えは、皆《みな》さんが見《み》つけてください。
え？　私《わたし》の答《こた》え？
それは、ヒミツです。

絶叫学級《ぜっきょうがっきゅう》

69時間目《じかんめ》

ラスト・ホワイトデー

プロローグ

こんにちは。
恐怖《きょうふ》の授業《じゅぎょう》の始《はじ》まりです。
覚悟《かくご》はできていますね？
三月《がつ》十四日《か》。
なんの日《ひ》かごぞんじですよね？
そう、ホワイトデーです。
バレンタインデーのお返《かえ》しに、男性《だんせい》から女性《じょせい》に贈《おく》り物《もの》をする日《ひ》です。
好《す》きな相手《あいて》にチョコをあげた女《おんな》の子《こ》は、ドキドキの日《ひ》ですね。
もしかしたら、贈《おく》り物《もの》だけじゃなく、告白《こくはく》をされることだってあるかも。
そんなすてきなイベントを期待《きたい》しちゃいます。

しかし、色《いろ》めきたった日《ひ》ほど、落《お》とし穴《あな》が待《ま》っているものです。
今回《こんかい》は、ホワイトデーにまつわる話《はなし》をしましょう。
きっと、ドキドキすると思《おも》いますよ。
それでは、また、あとで…………。

「萌乃《もえの》さんっ！　これ、バレンタインデーのお返《かえ》しです！」

朝《あさ》の通学路《つうがくろ》で、同《おな》じクラスの男子《だんし》が紙袋《かみぶくろ》を佐倉萌乃《さくらもえの》に差《さ》しだしてきた。

「わぁー、ありがとう」

萌乃《もえの》はにっこりと微笑《ほほえ》んで、それを両手《りょうて》で受《う》けとった。中《なか》を見《み》ると、チェック柄《がら》の包装《ほうそう》紙《し》に包《つつ》まれた箱《はこ》が入《はい》っている。どうやら、キャンディーのつめあわせのようだ。

「こんな高《たか》そうなの、いいの？」

「は、はい。じゃあ、教室《きょうしつ》で」

男子《だんし》は真《ま》っ赤《か》になった顔《かお》をかくすように、その場《ば》から走《はし》り去《さ》った。

「これで三個目《こめ》か……」

萌乃《もえの》はそうつぶやいて、通学路《つうがくろ》を歩《ある》きだす。ツインテールの髪《かみ》がゆれ、セーラー服《ふく》のスカートがなびく。

背後《はいご》から数人《すうにん》の男子《だんし》たちの声《こえ》が聞《き》こえてきた。

「萌乃《もえの》さんって、かわいいよな。いつもにこにこしててさ」

「ああ。色白《いろじろ》で目《め》が大《おお》きくてスタイルもいい。アイドルみたいだよ」

「性格《せいかく》も明《あか》るくて優《やさ》しいし、俺《おれ》たちの高校《こうこう》で一番人気《いちばんにんき》だろうなー」

「俺《おれ》もバレンタインデーにチョコもらったよ。義理《ぎり》チョコだろうけど」

「そりゃそうだ。モテない俺《おれ》たちが本命《ほんめい》チョコなんかもらえるわけねーだろ」

（全部《ぜんぶ》聞《き》こえてるんですけど）

萌乃《もえの》は表情《ひょうじょう》を変《か》えずに歩《ある》きつづける。

（まあ、ほめられてるみたいだし、いいか。それにしても、一番人気《いちばんにんき》か。そう思《おも》われるのも悪《わる》くないな。ふふっ）

そんなことを考《かんが》えながら、高校《こうこう》の校門《こうもん》をくぐった。

一年七組《ねんくみ》の自分《じぶん》の席《せき》で、萌乃《もえの》はもらったプレゼントをチェックしていた。

「えーと……キャンディーが二《ふた》つとマシュマロと……これはハンカチつきか。こんなのもあるんだな」

そこに二人《ふたり》の女《おんな》の子《こ》が近《ちか》づいてきた。背《せ》が高《たか》くて、ストレートのロングヘアの美園《みその》と、ショートボブヘアの理恵子《りえこ》だ。二人《ふたり》ともオシャレ好《ず》きで、萌乃《もえの》が仲良《なかよ》くしているクラスメイトだった。

机《つくえ》の上《うえ》におかれた紙袋《かみぶくろ》を見《み》て、美園《みその》があきれた顔《かお》をした。

「こんなにお返《かえ》しもらったの？　あんたがバレンタインデーで男子《だんし》に配《くば》ってたチョコって、一個《いっこ》二十円《えん》のやつだよね」

「いやぁー、びっくりだよねー。どれも、千円《せんえん》はしそうだし」

萌乃《もえの》はお菓子《かし》を机《つくえ》の上《うえ》に積《つ》み重《かさ》ねる。

「ていうか、ばらまきすぎだよぉ」

そう言《い》って、理恵子《りえこ》は教室《きょうしつ》の男子《だんし》を見《み》まわす。

「たしか、うちのクラスの男子全員《だんしぜんいん》に、チョコ配《くば》ってたよね？」

「うん。あと、部活《ぶかつ》の先《せん》パイと近所《きんじょ》の大学生《だいがくせい》と……あ、となりのクラスの男子《だんし》にもあげたかな」

「ほんと、萌乃《もえの》って外見《がいけん》はかわいいのに、中身《なかみ》は強欲《ごうよく》だよね」

「強欲《ごうよく》って、私《わたし》は別《べつ》に高《たか》いお返《かえ》しを要求《ようきゅう》したわけじゃないし」

萌乃《もえの》は細《ほそ》く長《なが》い足《あし》を組《く》んだ。

(なんてね。こうなることを期待《きたい》してたんだ。たいていの男子《だんし》はこっちがあげたチョコより高《たか》いのをくれるはずだから)

視線《しせん》を動《うご》かすと、顔《かお》を赤《あか》くして自分《じぶん》を見《み》ている数人《すうにん》の男子《だんし》がいた。

(お返《かえ》しもうれしいけど、男子《だんし》の反応《はんのう》を見《み》るのも楽《たの》しいんだよね。ふふっ)

「萌乃《もえの》！」

背後《はいご》から呼《よ》ばれて、萌乃《もえの》は振《ふ》り返《かえ》った。視線《しせん》の先《さき》に、端整《たんせい》な顔《かお》をした男子《だんし》が立《た》っていた。

男子《だんし》は肩幅《かたはば》が広《ひろ》く、長身《ちょうしん》でバランスがとれた体形《たいけい》をしている。

「あ、雅人《まさと》くん！」

萌乃《もえの》はあわてて、イスから立《た》ちあがった。

「わっ、私《わたし》に何《なに》か用《よう》なの？」

「チョコのお返《かえ》しだよ」

雅人《まさと》は、きれいにラッピングされた細長《ほそなが》い箱《はこ》を萌乃《もえの》に渡《わた》した。

「あのチョコ、うまかったよ。手作《てづく》りだよな？」

「うんっ！　前《まえ》の日《ひ》に徹夜《てつや》して作《つく》ったんだ」

「こっちは店《みせ》で買《か》ったクッキーだよ。手間《てま》かかってなくてごめんな」

「ううん！　雅人《まさと》くんからもらえるなら、なんだっていいよ」

きらきらと瞳《ひとみ》を輝《かがや》かせて、萌乃《もえの》は雅人《まさと》を見《み》あげる。

（やっぱり、雅人《まさと》くんはかっこいい。鼻筋《はなすじ》が通《とお》ってて、あごのラインがすっきりしてる。他《ほか》の男子《だんし》とはランクがちがうよ）

「おーい、雅人《まさと》」

教壇《きょうだん》の近《ちか》くにいた男子《だんし》が雅人《まさと》を呼《よ》んだ。

「んっ？　何《なに》？」

雅人《まさと》は萌乃《もえの》から離《はな》れて、呼《よ》ばれたほうに歩《ある》いていく。

美園《みその》がひじで萌乃《もえの》をつつく。

「ねえ、手作《てづく》りってどういうこと？　二十円《えん》のチョコじゃなかったの？」

「雅人《まさと》くんは本命《ほんめい》だからね。フォンダンショコラを手作《てづく》りしたの」

萌乃《もえの》はぺろりと舌《した》を出《だ》す。

「だって、うちのクラスで一番人気《いちばんにんき》の男子《だんし》だもん。チョコは特別《とくべつ》にしないと」

「ってことは、告白《こくはく》されたらつきあうの？」

「……………うーん、ひとりにしぼるのはつまんないけど、雅人《まさと》くんならいいかな。私《わたし》とつりあうだろうし」

「うわっ、上《うえ》から目線《めせん》だ」

「自分《じぶん》に自信《じしん》をもつことは悪《わる》くないって…………んっ？」

「どうしたの？」

「机《つくえ》の中《なか》に何《なに》か入《はい》っているみたい」

萌乃《もえの》は机《つくえ》の中《なか》から箱《はこ》を取《と》りだした。その箱《はこ》は、たて横《よこ》二十センチぐらいで、あざやかな赤《あか》のリボンがかけられていた。

「これもホワイトデーのお返《かえ》しかな？」

リボンを解《と》いて箱《はこ》を開《ひら》くと、中《なか》には黄金色《こがねいろ》のシュークリームが四《よっ》つ入《はい》っていた。そこられたメッセージカードには赤《あか》い文字《もじ》で『ボクはキミだけのモノ』と書《か》いてある。

萌乃《もえの》の眉間《みけん》にしわが寄《よ》る。

「変《へん》なメッセージだなぁ？　でも、シュークリームはおいしそう」

「へーっ、萌乃《もえの》の好《この》みを知《し》ってる男子《だんし》かな。シュークリームは萌乃《もえの》の大好物《だいこうぶつ》だし」

理恵子《りえこ》が箱《はこ》の中《なか》をのぞきこむ。

「手作《てづく》りっぽいけど、なかなか本格的《ほんかくてき》だね。皮《かわ》に粉砂糖《こなざとう》もかけてあるし」

「うう、いい匂《にお》いがする。食《た》べちゃおうかな」

「えっ？　今《いま》食《た》べるの？」

「ちょうど甘《あま》い物《もの》が食《た》べたかったんだよね」

萌乃《もえの》はシュークリームを手《て》に取《と》り、ぱくりとほおばった。ふわりと甘《あま》い香《かお》りがして、口《くち》の中《なか》でクリームがとろける。

「……………んーっ、クリームにこくがあっておいしーっ！」

「私《わたし》にもちょっと食《た》べさせてよ」

ボクはキミだけのモノ

理恵子《りえこ》が食《た》べかけのシュークリームにちょんと人《ひと》さし指《ゆび》をつけて、黄色《きいろ》いクリームをなめる。

「………うっ！」

理恵子《りえこ》はなめたクリームをハンカチにはきだした。

「な、何《なに》この味《あじ》！　くさってるんじゃないの」

「え？　そう？　すごくおいしいけど」

萌乃《もえの》は一《ひと》つ目《め》のシュークリームを食《た》べ終《お》え、二《ふた》つ目《め》に手《て》を伸《の》ばす。

「………んむっ、やっぱりおいしいじゃん。理恵子《りえこ》の舌《した》がおかしいんじゃないの？」

「うーん………気《き》のせいかな」

「きっと、理恵子《りえこ》は和菓子《わがし》のほうが好《す》きだからだよ」

「そういう問題《もんだい》？」

「だって、それ以外《いがい》考《かんが》えられないし」

そう言《い》いながら、萌乃《もえの》はシュークリームを食《た》べつづける。

数分後《すうふんご》、箱《はこ》の中《なか》のシュークリームはすべて萌乃《もえの》の胃《い》の中《なか》に消《き》えた。

萌乃《もえの》は制服《せいふく》の上《うえ》から、おなかをさする。

「ふうー、満足満足《まんぞくまんぞく》」

「四《よっ》つ全部食《ぜんぶた》べるなんて、すごい食欲《しょくよく》」

「甘《あま》い物《もの》は別腹《べつばら》だからね」

唇《くちびる》についたクリームをなめて、両手《りょうて》を胸《むね》の前《まえ》で合《あ》わせた。

「誰《だれ》かわかんないけど、ごちそうさま」

その時《とき》、誰《だれ》かが自分《じぶん》を見《み》ているような気《き》がした。

「えっ？」

萌乃《もえの》は首《くび》を左右《さゆう》に動《うご》かして、周囲《しゅうい》を確認《かくにん》する。しかし、誰《だれ》も自分《じぶん》を見《み》ていない。

「どうしたの？　萌乃《もえの》」

美園《みその》が萌乃《もえの》の肩《かた》に手《て》をのせた。

「誰《だれ》かさがしてる？」

「いや……今《いま》、変《へん》な視線《しせん》を感《かん》じて………」

「変《へん》な視線《しせん》？」

「うん。いつもの男子《だんし》の視線《しせん》とかじゃなくて、ちょっと寒気《さむけ》がしたの」

「冷《つめ》たいシュークリーム食《た》べたせいで、おなかが冷《ひ》えたんじゃないの？」

「そう……………かな」

萌乃《もえの》はメッセージカードを見《み》る。

（『ボクはキミだけのモノ』か。これをくれた人《ひと》、誰《だれ》なんだろう？）

二時間目《じかんめ》の授業《じゅぎょう》は体育《たいいく》だった。萌乃《もえの》はジャージに着替《きが》えて体育館《たいいくかん》に向《む》かった。

準備運動《じゅんびうんどう》をしていると、次第《しだい》に体《からだ》が重《おも》くなり、はき気《け》を感《かん》じはじめた。

「うっ…………」

萌乃《もえの》は青白《あおじろ》い顔《かお》で口元《くちもと》を押《お》さえた。

理恵子《りえこ》が心配《しんぱい》そうな顔《かお》をして、萌乃《もえの》の肩《かた》に手《て》をおいた。

「どうしたの？　顔色悪《かおいろわる》いよ」

「…………うん。ちょっと気持《きも》ち悪《わる》くて」

「シュークリームの食《た》べすぎだよ」

「やっぱり、そう………かな？」

「更衣室《こういしつ》で休《やす》んでたら？　先生《せんせい》に言《い》っとくから」

「……………うん。お願《ねが》い」

ふらつく足《あし》どりで、萌乃《もえの》は更衣室《こういしつ》に向《む》かった。

更衣室《こういしつ》のベンチに体《からだ》を横《よこ》たえ、額《ひたい》に浮《う》かんだ汗《あせ》をぬぐう。

「はぁ………最悪《さいあく》だよ」

深《ふか》く息《いき》をはきだして、萌乃《もえの》はまぶたを閉《と》じる。

（そういや、さっきも体育館《たいいくかん》で変《へん》な視線《しせん》を感《かん》じた。私《わたし》に告白《こくはく》したいなら、さっさと言《い》ってくればいいのに………）

「めんどくさいなぁー」

萌乃《もえの》は短《みじか》く舌打《したう》ちをした。

「……………萌乃《もえの》…………萌乃《もえの》」

誰《だれ》かが自分《じぶん》の名前《なまえ》を呼《よ》んでいた。萌乃《もえの》がゆっくりと目《め》を開《ひら》くと、目《め》の前《まえ》に美園《みその》がいた。

美園《みその》はかがむようにして、こちらを見《み》ている。

「寝《ね》てたみたいね。体育《たいいく》の授業終《じゅぎょうお》わったよ」

「そ…………そう」

萌乃《もえの》は上半身《じょうはんしん》を起《お》こした。そのとたん、胃《い》からせりあがってくるようなはき気《け》を感《かん》じた。

「うっ…………ぐ…………」

「まだ調子悪《ちょうしわる》そうだね。保健室行《ほけんしつい》ったほうがいいんじゃない？」

「…………だ、大丈夫《だいじょうぶ》。少《すこ》しはましになってきたから」

萌乃《もえの》は笑顔《えがお》をつくって、立《た》ちあがった。

その時《とき》、ジャージのポケットから、ひらりと白《しろ》い紙《かみ》が落《お》ちた。

「あれ？　なんだろう？」

萌乃《もえの》は紙《かみ》を拾《ひろ》いあげて、書《か》かれた文字《もじ》を見《み》る。

『シュークリームはおいしかった？　萌乃《もえの》ちゃん』

「えっ…………？」

萌乃《もえの》の顔《かお》から表情《ひょうじょう》が消《き》えた。

「これって…………まさか、私《わたし》が寝《ね》てる間《あいだ》に？」

ぞわりと背筋《せすじ》が震《ふる》える。まるで、全身《ぜんしん》を小《ちい》さな虫《むし》が這《は》いまわっているような気《き》がした。

(何《なに》こいつ？　女子更衣室《じょしこういしつ》にまで入《はい》ってきたってこと？)

あわてて周囲《しゅうい》を見《み》まわすが、更衣室《こういしつ》の中《なか》には女《おんな》の子《こ》しかいない。

「誰《だれ》なの…………？」

かすれた声《こえ》が自分《じぶん》の口《くち》からもれた。


「それって、ストーカーだよね」

教室《きょうしつ》で、理恵子《りえこ》が萌乃《もえの》に言《い》った。

「気《き》をつけたほうがいいよ。こういうやつって、どんどん行動《こうどう》をエスカレートさせるから」

「エスカレートって？」

「ニュースでもたまにやってるじゃん。ストーカーが好《す》きな相手《あいて》をナイフで刺《さ》し殺《ころ》した事件《じけん》とかさ」

「ちょ、ちょっと！　怖《こわ》いこと言《い》わないでよ！」

「何《なに》するかわからない相手《あいて》って怖《こわ》いよ。常識《じょうしき》が通《つう》じないんだから」

理恵子《りえこ》の言葉《ことば》に、萌乃《もえの》の表情《ひょうじょう》が強張《こわば》った。


放課後《ほうかご》、萌乃《もえの》は登校中《とうこうちゅう》にキャンディーをくれた男子《だんし》に歩《あゆ》み寄《よ》った。

「ねえ、今日《きょう》、いっしょに帰《かえ》ってくれないかな」

「あ………ごめん。ちょっと部活《ぶかつ》があって」

男子《だんし》はぎこちない笑顔《えがお》であとずさりした。

「じゃ、じゃあ………」

「あ、待《ま》って！」

男子《だんし》は萌乃《もえの》に背《せ》を向《む》けて、教室《きょうしつ》から出《で》ていった。

萌乃《もえの》は眉《まゆ》を吊《つ》りあげて、奥歯《おくば》をぎりぎりと鳴《な》らす。

(私《わたし》が頼《たの》んでるのに、部活程度《ぶかつていど》でことわるわけ？　ありえない)

萌乃《もえの》のとなりにいた理恵子《りえこ》が、耳元《みみもと》で声《こえ》を落《お》として言《い》う。

「みんな、萌乃《もえの》がストーカーにねらわれてると思《おも》ってるんだよ」

「はぁ？　男子《だんし》もストーカーが怖《こわ》いってこと？」

「そりゃ怖《こわ》いよ。多分《たぶん》、ストーカーも男子《だんし》なんだと思《おも》うし、萌乃《もえの》といっしょに帰《かえ》ってて、嫉妬《しっと》で刺《さ》されたりしたら最悪《さいあく》じゃん」

「そこで守《まも》ってくれるのが恋人《こいびと》の役目《やくめ》でしょ」

「あの子《こ》、あんたの恋人《こいびと》じゃないし」

「………ちっ！」

萌乃《もえの》は親指《おやゆび》の爪《つめ》を強《つよ》くかんだ。

(私《わたし》にいいところ見《み》せるチャンスなのに、役《やく》に立《た》たないんだから)

その時《とき》、窓際《まどぎわ》にいた雅人《まさと》が、萌乃《もえの》に近《ちか》づいてきた。

「萌乃《もえの》、俺《おれ》が家《いえ》まで送《おく》ってくよ」

「え………？」

萌乃《もえの》は目《め》を丸《まる》くして、雅人《まさと》を見《み》つめる。

「で、でも、私《わたし》、ストーカーに………」

「聞《き》いてる。だから送《おく》るんだよ。男《おとこ》がいたほうが安心《あんしん》だろ」

「雅人《まさと》くん…………」

雅人《まさと》の澄《す》んだ瞳《ひとみ》を見《み》て、萌乃《もえの》の胸《むね》が熱《あつ》くなった。


萌乃《もえの》と雅人《まさと》は、閑静《かんせい》な住宅街《じゅうたくがい》を並《なら》んで歩《ある》いていた。

「ごめんね、雅人《まさと》くん」

萌乃《もえの》の口《くち》から暗《くら》い声《こえ》がもれた。

「私《わたし》の家《いえ》、遠《とお》いのに。雅人《まさと》くんの家《いえ》って、学校《がっこう》の近《ちか》くだったよね？」

「気《き》にすんなよ。このぐらいたいしたことないからさ」

雅人《まさと》はポンと萌乃《もえの》の肩《かた》をたたく。

「それに、萌乃《もえの》がせっぱつまった顔《かお》してたからさ」

「えっ？　せっぱって…………そんな顔《かお》してた？」

「ああ。おまえって、すぐ顔《かお》にでるタイプじゃん」

「ウ、ウソっ！」

顔《かお》を赤《あか》くした萌乃《もえの》を見《み》て、雅人《まさと》は笑《わら》いだした。

「ほら、やっぱり素直《すなお》だ」

「素直《すなお》………」

(そんなこと言《い》われたの初《はじ》めてだ。かわいいはよく言《い》われるけど。あと、計算高《けいさんだか》いとかも)

「そういやストーカーって、誰《だれ》か心《こころ》あたりがあるのか?」

「ううん。全然《ぜんぜん》わかんない」

萌乃《もえの》は首《くび》を左右《さゆう》に振《ふ》る。

「多分《たぶん》、チョコを渡《わた》した男子《だんし》の中《なか》にいると思《おも》うんだけど………」

「おまえ、チョコ渡《わた》しすぎなんだよ」

「で、でも、ほとんど義理《ぎり》チョコだから」

「それでも本気《ほんき》にする男《おとこ》がいるからさ。まあ、これからは注意《ちゅうい》したほうがいいぞ」

「………うん」

雅人《まさと》の言葉《ことば》に、萌乃《もえの》は力《ちから》なくうなずいた。

数十《すうじゅう》メートル先《さき》に家《いえ》が見《み》えると、萌乃《もえの》は雅人《まさと》に頭《あたま》をさげた。

「ありがとう、雅人《まさと》くん。ここでいいよ」

「いや、萌乃《もえの》がちゃんと家《いえ》に入《はい》るまで見《み》てるよ」

「えっ、でも、すぐそこだから」

「いいから。ほらっ！」

雅人《まさと》は萌乃《もえの》の手《て》をにぎって、家《いえ》の前《まえ》までつれていく。

「よし！　ちゃんとカギかけろよ」

「う、うん」

萌乃《もえの》は玄関《げんかん》のドアを開《あ》けて、家《いえ》の中《なか》に入《はい》る。ドアから顔《かお》を出《だ》して振《ふ》り返《かえ》ると、門《もん》の前《まえ》で雅人《まさと》が手《て》を振《ふ》っていた。

「また、明日《あした》な」

「じゃあ、また……」

ドアを閉《し》めると同時《どうじ》に、萌乃《もえの》は大《おお》きく息《いき》をはきだす。

（やっぱり、雅人《まさと》くんは他《ほか》の男子《だんし》とはちがう。かっこいいだけじゃなくて、すごく優《やさ》しい

し、私《わたし》のことを気《き》づかってくれる)

自分《じぶん》の顔《かお》が熱《あつ》くなっているのがわかった。

(早《はや》くストーカーを見《み》つけて、雅人《まさと》くんに『大丈夫《だいじょうぶ》』って言《い》いたいな)

次《つぎ》の日《ひ》の朝《あさ》、萌乃《もえの》はあくびをしながら、リビングのドアを開《あ》けた。

ダイニングでは、母親《ははおや》が朝食《ちょうしょく》の準備中《じゅんびちゅう》で、テーブルの上《うえ》には野菜《やさい》サラダとパン、スクランブルエッグが並《なら》んでいる。

「おはよう、お母《かあ》さん」

「あ、おはよう……ええっ?」

母親《ははおや》は驚《おどろ》いた顔《かお》で、萌乃《もえの》の胸元《むなもと》を指《ゆび》さした。

「何《なに》、それ……」

「何《なに》って?」

「そのトレーナーよ。気《き》づいてないの?」

「トレーナー?」

萌乃《もえの》は視線《しせん》を落《お》として、自分《じぶん》の着《き》ているトレーナーを見《み》た。無地《むじ》だったはずのトレーナーに、赤《あか》い文字《もじ》が書《か》かれていた。

『こわがらなくてダイジョウブだよ』

萌乃《もえの》の顔《かお》から、一瞬《いっしゅん》で血《ち》の気《け》がひいた。

「ウ…………ウソ？」

文字《もじ》は指先《ゆびさき》に血《ち》をつけて書《か》いたような筆跡《ひっせき》で、表面《ひょうめん》がしめっている。まるで、つい数分《すうふん》前《まえ》に書《か》かれたかのように…………。

（こんなこと、あるわけない。私《わたし》は自分《じぶん》の部屋《へや》で寝《ね》てたのに…………）

いつの間《ま》にか、自分《じぶん》の歯《は》がカチカチと音《おと》をたてていた。

萌乃《もえの》の部屋《へや》を調《しら》べ終《お》わった警察官《けいさつかん》が、リビングに戻《もど》ってきた。

「誰《だれ》かが侵入《しんにゅう》した様子《ようす》はありませんね」

「で、でも、服《ふく》に文字《もじ》が書《か》かれていたんです」

萌乃《もえの》はテーブルの上《うえ》においたトレーナーに視線《しせん》を向《む》ける。

こわがらなくて
ダイジョウブ
だよ

「私《わたし》が寝《ね》る前《まえ》は、あんな文字《もじ》なかったのに」

「侵入《しんにゅう》の形跡《けいせき》がないんですよ。窓《まど》にはカギがかかっていたし、あなたも犯人《はんにん》を見《み》ていないんですから」

「そ、それは……そうだけど」

「これじゃあ、我々《われわれ》も動《うご》けませんよ」

警察官《けいさつかん》は困《こま》った顔《かお》をして肩《かた》をすくめる。

「ストーカーをさがしてくれないんですか？」

「それは難《むずか》しいと思《おも》います。書《か》かれている文字《もじ》も脅迫《きょうはく》というわけではないし。なくなっているものもないんですよね？」

「あ……」

となりにいた母親《ははおや》が口《くち》を開《ひら》く。

「そういえば、キッチン用《よう》のハサミが一本《いっぽん》見《み》あたらないんです」

「ハサミ……ですか？」

「ええ。昨日《きのう》の朝使《あさつか》ったはずなのに……」

「うーん、ハサミか。たしかにそれは気《き》になりますね」

警察官《けいさつかん》は太《ふと》い眉《まゆ》をぴくぴくと動《うご》かす。

「とにかく、何《なに》かあったらすぐに連絡《れんらく》してください」

そう言《い》って、警察官《けいさつかん》は萌乃《もえの》の家《いえ》から帰《かえ》っていった。


その日《ひ》の午後《ごご》、萌乃《もえの》はタクシーで登校《とうこう》した。教室《きょうしつ》に入《はい》ると、窓際《まどぎわ》にいた男子《だんし》にかけ寄《よ》る。

「あんた、昨日《きのう》の夜《よる》、何《なに》してた？」

「えっ？　何《なに》って、普通《ふつう》に勉強《べんきょう》してたけど」

萌乃《もえの》の剣幕《けんまく》に押《お》されて、男子《だんし》はぱくぱくと口《くち》を動《うご》かす。

「本当《ほんとう》に？　私《わたし》の家《いえ》にしのびこんだんじゃないの？」

「そんなことしてないって」

「じゃあ、あなたは？」

となりにいた男子《だんし》をにらみつける。

「あなたは昨日《きのう》の夜《よる》、どこにいた？」

「俺《おれ》は駅前《えきまえ》のゲーセンにいたよ」

「本当《ほんとう》に？　それを証明《しょうめい》できる人《ひと》、いる？」

「ちょっと、萌乃《もえの》」

美園《みその》が萌乃《もえの》の肩《かた》をつかんだ。

「落《お》ち着《つ》きなって。何《なに》があったの？」

「うちにストーカーが来《き》たんだよ！」

萌乃《もえの》は今朝《けさ》の出来事《できごと》を話《はな》した。

「ストーカーはチョコをあげた男子《だんし》の中《なか》にいるんだよ。早《はや》くそいつを見《み》つけないと、また、うちに来《く》るかもしれない」

「待《ま》って！　萌乃《もえの》がチョコを渡《わた》したのって、うちのクラスの男子《だんし》だけじゃないでしょ。近《きん》所《じょ》の大学生《だいがくせい》とか、となりのクラスの男子《だんし》とか」

「萌乃《もえの》……………」

美園《みその》のとなりで話《はなし》を聞《き》いていた理恵子《りえこ》が口《くち》を開《ひら》く。

「たしか、となりのクラスの黒神《くろかみ》くんにもチョコあげたよね」

「黒神《くろかみ》…………くん？」

「メガネかけてて、気《き》の弱《よわ》そうな子《こ》だよ。お菓子作《かしづく》りが趣味《しゅみ》って言《い》ってた。最近《さいきん》、ずっと休《やす》んでるみたいだけど」

「お菓子作《かしづく》り…………」

「校門《こうもん》の前《まえ》で、萌乃《もえの》がチョコあげてたじゃん。覚《おぼ》えてないの？」

「あ…………」

萌乃《もえの》の頭《あたま》の中《なか》に、気弱《きよわ》そうなひとりの男子《だんし》の姿《すがた》が浮《う》かびあがった。


二月《がつ》十四日《か》の放課後《ほうかご》、萌乃《もえの》は理恵子《りえこ》といっしょに校庭《こうてい》を歩《ある》いていた。

「残《のこ》ったチョコはあと一個《いっこ》か」

萌乃《もえの》は、小《ちい》さなチョコレートを手《て》の平《ひら》の上《うえ》で転《ころ》がした。

「クラスの男子《だんし》には全員配《ぜんいんくば》ったし、どうしようかなぁー」

「もう、食《た》べちゃえば？」

「そうしよっかな…………」

その時《とき》、校門《こうもん》の前《まえ》で自分《じぶん》を見《み》ている男子《だんし》の姿《すがた》が目《め》に入《はい》った。

(となりのクラスの男子《だんし》か。ちょうどいいや。あの子《こ》にあげちゃおう)

「ねぇー、ちょっといいかな」

「えっ？　ぼ、僕《ぼく》ですか？」

「うん。これあげるねー」

萌乃《もえの》は持《も》っていたチョコレートを男子《だんし》に渡《わた》した。

「あ…………」

彼《かれ》はぽかんとした顔《かお》で萌乃《もえの》を見《み》つめる。

「こ、これを僕《ぼく》に…………」

「バレンタインデーだからね。じゃあね…………」

萌乃《もえの》は男子《だんし》に背《せ》を向《む》けた。

「ま、待《ま》ってください！」

男子《だんし》が萌乃《もえの》を呼《よ》びとめた。

「ぼ、僕《ぼく》、黒神《くろかみ》っていいます。萌乃《もえの》ちゃんのこと、ずっと見《み》てました」

「そうなんだー。ありがとう」

「萌乃《もえの》ちゃんのことなら、なんでも知《し》ってます。大好物《だいこうぶつ》がシュークリームとか、家《いえ》は西区《にしく》にあるとか………」

突然《とつぜん》、黒神《くろかみ》が強《つよ》い力《ちから》で萌乃《もえの》の手《て》をにぎった。

「ちょ、ちょっと痛《いた》いって！」

「まさか、チョコをもらえるなんて思《おも》ってなくて。う、うれしいです！」

黒神《くろかみ》には、萌乃《もえの》の言葉《ことば》が聞《き》こえていないようだ。顔《かお》を赤《あか》くして、一方的《いっぽうてき》にしゃべりつづける。

「もし、萌乃《もえの》ちゃんとおつきあいできるなら、僕《ぼく》は………」

「はぁ？　そんなの無理《むり》にきまってるでしょ！」

萌乃《もえの》は眉《まゆ》を吊《つ》りあげて、黒神《くろかみ》の手《て》を振《ふ》りはらった。

「え………？」

黒神《くろかみ》の顔《かお》から表情《ひょうじょう》が消《き》えた。

「で、でも、今《いま》、チョコを………」

「そんなの義理《ぎり》チョコにきまってるじゃん。わからなかったの？」

バカにした顔《かお》で、萌乃《もえの》は黒神《くろかみ》を見《み》つめる。

「私《わたし》とあんたじゃ、つりあわないでしょ」

「あ…………」

「まあ、高望《たかのぞ》みはやめて、そこらへんの女子《じょし》とでもつきあえば？　きっと、君《きみ》みたいな男子《だんし》でもつきあってくれる女子《じょし》はいるだろうし」

萌乃《もえの》は笑《わら》いながら、歩《ある》きだした。

理恵子《りえこ》が眉《まゆ》をひそめて、耳打《みみう》ちしてくる。

「笑《わら》いすぎだって。あの子《こ》、落《お》ちこんでるよ」

「気《き》にしなくていいよ。変《へん》なやつだったしさー」

ちらりと振《ふ》り返《かえ》ると、黒神《くろかみ》が頭《あたま》を垂《た》れて、銅像《どうぞう》のように立《た》ちつくしている。萌乃《もえの》の言葉《ことば》にショックを受《う》けているようだった。

「そんなことより、今度《こんど》の日曜日《にちようび》、カラオケ行《い》こうよ」

萌乃《もえの》は黒神《くろかみ》のことなどすぐに忘《わす》れて、理恵子《りえこ》とおしゃべりを始《はじ》めた。

「あいつがストーカー………」

突然《とつぜん》、はき気《け》を感《かん》じて、萌乃《もえの》は口元《くちもと》を押《お》さえた。

「大丈夫《だいじょうぶ》？　萌乃《もえの》」

「大丈夫《だいじょうぶ》なわけないよ！」

理恵子《りえこ》に向《む》かって、萌乃《もえの》は叫《さけ》んだ。

「あんなやつが作《つく》ったシュークリーム食《た》べたんだよ。気持《きも》ち悪《わる》いっ！」

頭《あたま》に血《ち》がのぼり、萌乃《もえの》の声《こえ》が大《おお》きくなる。

「チョコ一個《いっこ》もらったぐらいで本気《ほんき》になるなんて、バカみたい。この私《わたし》がなんの価値《かち》もない男《おとこ》とつきあうわけないのに！」

「萌乃《もえの》っ！」

理恵子《りえこ》が萌乃《もえの》の腕《うで》をつかんだ。

「みんなが聞《き》いてるって」

「あ………」

萌乃《もえの》は、クラスの男子《だんし》全員《ぜんいん》が自分《じぶん》を見《み》ていることに気《き》づいた。そして、その中《なか》に雅人《まさと》もいることに。

「おまえ……そんな風《ふう》に考《かんが》えてたのか」

いつもより低《ひく》い声《こえ》で雅人《まさと》が言《い》った。

「ま、雅人《まさと》くん……」

萌乃《もえの》のほおがぴくぴくと動《うご》く。

「い、いや……今《いま》のはまちがいで」

「まちがいってなんだよ？　何《なに》がまちがいなんだ？」

「それは……」

「もう、俺《おれ》に話《はな》しかけないでくれ」

そう言《い》って、雅人《まさと》は教室《きょうしつ》から出《で》ていった。

「そ……そんな……」

萌乃《もえの》の耳《みみ》に男子《だんし》たちの声《こえ》が届《とど》いた。

「萌乃《もえの》ちゃんって、そんなこと思《おも》ってたのか……」

「みたいだな。がっかりだよ。あんなに性格悪《せいかくわる》かったなんて」

「うん。顔《かお》がかわいくてもあれじゃあ…………」

「ほんと、最悪《さいあく》」

自分《じぶん》を非難《ひなん》する言葉《ことば》に、萌乃《もえの》の視界《しかい》が真《ま》っ暗《くら》になった。


放課後《ほうかご》、萌乃《もえの》は昇降口《しょうこうぐち》で靴《くつ》を履《は》きかえていた。

近《ちか》くにいた女子《じょし》たちがおしゃべりをしている。

「ねえ、聞《き》いた？　七組《くみ》の雅人《まさと》くん、うちのクラスの美奈《みな》とつきあうらしいよ」

「えっ！　ほんと？　雅人《まさと》くんって、あのイケメン男子《だんし》だよね？」

「うん。今度《こんど》、二人《ふたり》で映画《えいが》観《み》に行《い》くんだって」

「いいなぁー。私《わたし》も彼氏《かれし》ほしいー」

「来年《らいねん》のバレンタインデーに告白《こくはく》したら？」

「それ、時間《じかん》かかりすぎだって」

それを聞《き》いた萌乃《もえの》は唇《くちびる》を強《つよ》く結《むす》んで、校舎《こうしゃ》を出《で》る。

（雅人《まさと》くんなんて、もう、どうでもいいや。クラスの男子《だんし》にも嫌《きら》われちゃったけど、そんなの関係《かんけい》ない。私《わたし》なら彼氏《かれし》なんて、かんたんにできるんだから）

家《いえ》に帰《かえ》り、萌乃《もえの》はすぐに自分《じぶん》の部屋《へや》に向《む》かった。ドアをしっかりと閉《し》めて、ベッドに腰《こし》かける。

「さて…………と、今日《きょう》はゲームでもして遊《あそ》ぼうかな。あ、そうだ。お菓子《かし》食《た》べながらやろう。まだ、ホワイトデーのお返《かえ》しがいっぱい残《のこ》ってるし」

視線《しせん》を机《つくえ》に向《む》けると、積《つ》み重《かさ》なった箱《はこ》が見《み》える。その中《なか》にある雅人《まさと》がくれたクッキーを見《み》た瞬間《しゅんかん》、萌乃《もえの》の目《め》から涙《なみだ》がこぼれた。

脳裏《のうり》に雅人《まさと》の姿《すがた》が浮《う》かびあがる。

つい昨日《きのう》、門《もん》の前《まえ》で手《て》を振《ふ》っていた雅人《まさと》の笑顔《えがお》が…………。

「バカみたい。私《わたし》…………」

萌乃《もえの》はベッドに顔《かお》をうずめて体《からだ》を震《ふる》わせた。

「雅人《まさと》くん…………」

『かわいそうに』

突然《とつぜん》、どこからか男子《だんし》の声《こえ》が聞《き》こえてきた。

『萌乃《もえの》ちゃん、ふられちゃったんだね』

「だっ、誰《だれ》っ？」

萌乃《もえの》は部屋《へや》の中《なか》を見《み》まわすが、人《ひと》の姿《すがた》はない。

「あんた…………六組《ろっくみ》の黒神《くろかみ》だよね？」

『…………あぁ。僕《ぼく》のこと…………覚《おぼ》えていてくれたんだ』

地《ち》の底《そこ》から響《ひび》くような声《こえ》がする。

『シュークリーム、全部《ぜんぶ》食《た》べてくれてありがとう。アレ…………萌乃《もえの》ちゃんのために、一《いっ》生懸命《しょうけんめい》作《つく》ったんだ。すごく痛《いた》かったけど、がまんしたんだよ』

「痛《いた》い？　何言《なにい》ってんのよ！」

萌乃《もえの》は怒《いか》りの感情《かんじょう》をあらわにして、上下左右《じょうげさゆう》に視線《しせん》を動《うご》かす。

「どこにいるの？　私《わたし》の家《いえ》に入《はい》ってくるなんて犯罪《はんざい》なんだからね。警察《けいさつ》にもちゃんと届《とど》けてるから！」

『ここだよ………僕《ぼく》はここにいるよ』

「どこよっ？」

『ここだって………』

「だからっ、どこ………」

その時《とき》、着《き》ていた制服《せいふく》の腹部《ふくぶ》がぼこりとふくれあがった。黒神《くろかみ》の声《こえ》は、そこから聞《き》こえてくる。

『萌乃《もえの》ちゃんのおなかの中《なか》だよ』

「はぁ………？」

萌乃《もえの》の顔《かお》が氷水《こおりみず》をかぶったかのように固《かた》まった。

「わ、私《わたし》の………。ど、どうして？」

『シュークリームを食《た》べてくれたからだよ。僕《ぼく》の血《ち》と肉《にく》が入《はい》った特製《とくせい》のシュークリームを』

「え………」

『おかげでキミとひとつになれた』

（あのシュークリームの中《なか》に、こいつの………）

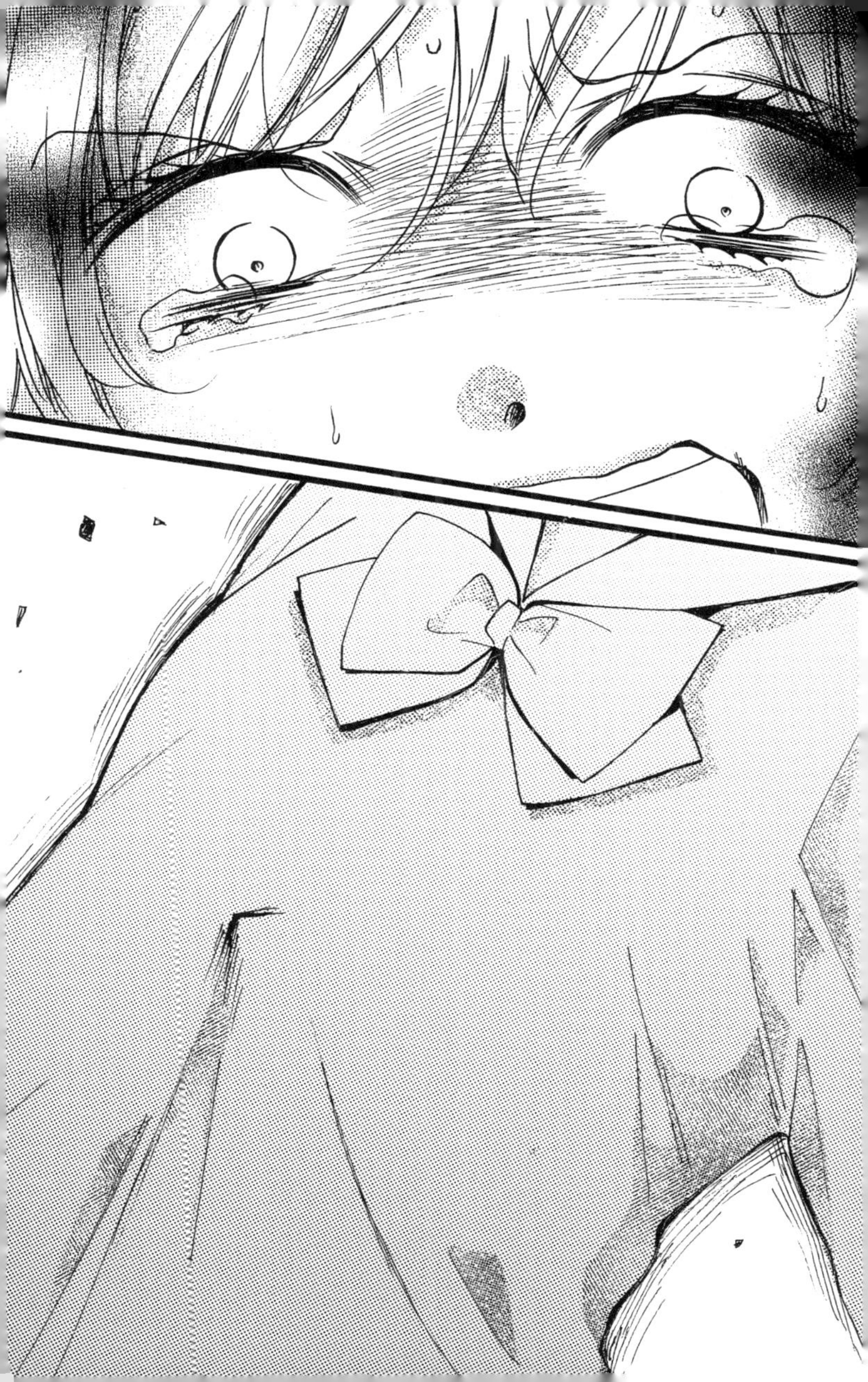

「ぐうっ…………」

はき気《け》を感《かん》じて、萌乃《もえの》は口元《くちもと》を手《て》で押《お》さえた。

（黒神《くろかみ》が私《わたし》の体《からだ》から出《で》て、あのメッセージを書《か》いてたんだ。そして、また、私《わたし》の体《からだ》の中《なか》に戻《もど》って…………）

「あ…………ありえない…………こんなこと」

萌乃《もえの》は、ふくらんだ自分《じぶん》の腹部《ふくぶ》を見《み》つめる。

『大丈夫《だいじょうぶ》だよ。僕《ぼく》が協力《きょうりょく》してあげる。大好《だいす》きな萌乃《もえの》ちゃんのためだもん』

「なっ、何言《なにい》ってんの？　協力《きょうりょく》って…………」

『僕《ぼく》と同《おな》じになればいいんだよ』

「同《おな》じ…………？」

『そうすれば、彼《かれ》とひとつになれるよ』

腹部《ふくぶ》にちくりとした痛《いた》みを感《かん》じた。

「いっ！　な、何《なに》を…………」

『安心《あんしん》して。このハサミを使《つか》えば、痛《いた》みは一瞬《いっしゅん》だから』

「ハサミって、まさか……………」

萌乃《もえの》はキッチンのハサミがなくなっていたことを思《おも》いだした。

「や…………やめ…………」

ぐしゅりと不気味《ぶきみ》な音《おと》がして、ハサミの先《せん》たんがセーラー服《ふく》を突《つ》きやぶった。

「いやあああああっ！」

悲鳴《ひめい》をあげると同時《どうじ》に、萌乃《もえの》は意識《いしき》を失《うしな》った。


雅人《まさと》が自宅《じたく》で勉強《べんきょう》をしていると、ノックの音《おと》がして、母親《ははおや》が部屋《へや》に入《はい》ってきた。

「雅人《まさと》、あなたに届《とど》け物《もの》よ」

「届《とど》け物《もの》？」

雅人《まさと》は振《ふ》り返《かえ》って、母親《ははおや》が手《て》にしている箱《はこ》を見《み》る。

「誰《だれ》が送《おく》ってきたんだろ？」

「それがねえ、名前《なまえ》が書《か》かれてなかったの」

母親《ははおや》は箱《はこ》を雅人《まさと》に渡《わた》す。

「開《あ》けてみたら？」

「うん…………」

雅人《まさと》は包装紙《ほうそうし》を破《やぶ》いた。箱《はこ》は上部《じょうぶ》が透明《とうめい》のシートになっていて、中《なか》にあるハート形《がた》のチョコレートとメッセージカードが見《み》えた。

「誰《だれ》かわかんないけど、なんでチョコなんか送《おく》ってきたんだろ？」

「もしかして、バレンタインデーのチョコじゃ…………」

「いや、もう、ホワイトデーもすぎてるって」

「きっと勇気《ゆうき》がでなかったのよ。宅配便《たくはいびん》で送《おく》ってくるぐらいシャイな子《こ》なんだから」

「ふーん…………」

雅人《まさと》はメッセージカードに書《か》かれた文字《もじ》を目《め》で追《お》った。

『ワタシはアナタだけのモノ』

その文字《もじ》は、血《ち》で書《か》かれたかのように真《ま》っ赤《か》だった。

エピローグ

六十九時間目《じかんめ》の授業《じゅぎょう》を終《お》わります。

ドキドキすることができましたか？

最後《さいご》に少年《しょうねん》が受《う》けとったチョコレート。

誰《だれ》が、そのチョコレートを送《おく》ってきたのか。

そして、その中《なか》に何《なに》が入《はい》っているのか。

皆《みな》さんは、当然気《とうぜんき》づいていますよね？

これで、少女《しょうじょ》はあの少年《しょうねん》とひとつになれるでしょう。

心《こころ》ではなく、体《からだ》が…………ですが。

少女《しょうじょ》のように異性《いせい》の心《こころ》をもてあそんでいると、とんでもないトラブルに巻《ま》きこまれてしまうかも。

恋愛《れんあい》とは、チョコレートのように甘《あま》く、苦《にが》いものなのですから。

必《かなら》ずハッピーエンドになるとは限《かぎ》らないのです。

皆《みな》さんが、どんなバレンタインデー、ホワイトデーをすごすのか、ちょっと楽《たの》しみですね。

もし、おもしろい出来事《できごと》を体験《たいけん》したのなら、こっそり私《わたし》だけに教《おし》えてください。

10時間目《じかんめ》

ミラクルボール

プロローグ

こんにちは。
七十時間目《じかんめ》の授業《じゅぎょう》を始《はじ》めましょう。
皆《みな》さんは体《からだ》を動《うご》かすことが好《す》きですか？
もし、そうなら、スポーツをするのはどうでしょう。
野球《やきゅう》に水泳《すいえい》。
テニスにバレーボール。
サッカー、マラソン、卓球《たっきゅう》、ドッジボール…………。
今《いま》の時代《じだい》、いろんなスポーツを楽《たの》しむことができます。
クラブに入《はい》ったら、もっと楽《たの》しいかもしれませんね。
だって、同《おな》じスポーツをやる仲間《なかま》ができるのですから。

今回登場《こんかいとうじょう》する少女《しょうじょ》も、仲間《なかま》とスポーツをやっているようです。
どんなスポーツなのか。
そして、何《なに》が起《お》こるのか。
興味《きょうみ》がありましたら、ページをめくってください。

「パス！　パスでつなげてっ！」

赤巻中学校《あかまきちゅうがっこう》の体育館《たいいくかん》に、美山香《みやまかおり》の声《こえ》が響《ひび》いた。

「こっち、こっちだよ！」

右手《みぎて》をあげると、チームメイトの由美《ゆみ》が香《かおり》にパスをだしてきた。ボールを受《う》けとり、ドリブルで相手《あいて》チームの選手《せんしゅ》をかわす。そのまま、スリーポイントラインを越《こ》え、シュートを放《はな》った。放物線《ほうぶつせん》を描《えが》いたボールがゴールをゆらす。

「ナイスシュート、香《かおり》っ！」

「いいから戻《もど》って！　守《まも》るよ！」

香《かおり》はショートカットの髪《かみ》をゆらしながら走《はし》りだす。

（まだだ！　まだ、あきらめない！　先《せん》パイたちが引退《いんたい》して、私《わたし》がキャプテンになった最《さい》

初《しょ》の試合《しあい》なんだから）

　フリースローラインの前《まえ》で、両手《りょうて》を左右《さゆう》に広《ひろ》げて荒《あら》い呼吸《こきゅう》を整《ととの》える。ユニフォームの『4』の数字《すうじ》が大《おお》きく上下《じょうげ》する。

　相手《あいて》チームの選手《せんしゅ》が、ドリブルしながら近《ちか》づいてきた。

　香《かおり》がボールを奪《うば》おうとすると、すぐにパスでかわされる。

　パスを受《う》けた選手《せんしゅ》がシュートを放《はな》つ。ボールがゴールネットを通《とお》り抜《ぬ》けた。

　香《かおり》は舌打《したう》ちしながら、細《ほそ》い眉《まゆ》を吊《つ》りあげる。

「早《はや》く！　今度《こんど》はこっちが攻《せ》めるよ」

　由美《ゆみ》がチームメイトのミリにパスをする。

「ミリっ、私《わたし》にパスして！」

「う、うん！」

　香《かおり》はミリにパスを要求《ようきゅう》したが、ボールは相手《あいて》チームの選手《せんしゅ》に奪《うば》われる。

　ボールを奪《うば》った選手《せんしゅ》は軽《かる》くジャンプして、その場《ば》からシュートをする。ボールは弧《こ》を描《えが》いて、ゴールに吸《す》いこまれた。

「ご、ごめん、香《かおり》」

ミリが泣《な》きだしそうな顔《かお》で香《かおり》に近《ちか》づく。

「いいから、走《はし》って！　まだ、時間《じかん》はあるから」

唇《くちびる》を強《つよ》くかんで、香《かおり》はボールを拾《ひろ》いあげる。

（まだ、チャンスはある。勝負《しょうぶ》はこれからだ！）

エンドラインの外《そと》から、味方《みかた》にボールをパスして、香《かおり》は走《はし》りだした。

ホイッスルが鳴《な》った瞬間《しゅんかん》、相手《あいて》チームの選手《せんしゅ》たちが歓声《かんせい》をあげた。

香《かおり》は肩《かた》で息《いき》をしながら、スコアを確認《かくにん》する。

【赤巻中《あかまきちゅう》：12点《てん》　青巻中《あおまきちゅう》：48点《てん》】

青巻中学校《あおまきちゅうがっこう》の選手《せんしゅ》たちが、笑《わら》いながらガッツポーズをしている。

「やった！　赤巻中《あかまきちゅう》に勝《か》ったよ」

「当然《とうぜん》だって。四番《ばん》だけマークしてれば問題《もんだい》ないんだから」

「たしかに、あの子《こ》だけはうまかったね」

「まあ、ひとりだけうまくても、勝《か》てるわけじゃないからねー」

それを聞《き》いた香《かおり》は、だらりとさげた両手《りょうて》をこぶしに変《か》えた。

「みんなっ、もうちょっと周《まわ》りを見《み》ようよ！」

更衣室《こういしつ》で、香《かおり》はチームメイトに声《こえ》をかけた。

「誰《だれ》にパスするか見《み》ればわかるじゃん。あと、途中《とちゅう》でへばってるよね。もっと、体力《たいりょく》をつけないと。だから、勝《か》てないんだよ」

「しょうがないって」

ベンチに腰《こし》をかけていた由美《ゆみ》が、汗《あせ》をふきながら言《い》った。

「香《かおり》は小学生《しょうがくせい》のころからバスケやってるけど、私《わたし》たちは一年前《ねんまえ》の中《ちゅう》一からだし」

「そーそー」

となりに座《すわ》っているみゆきがうなずく。

「うちらのチームは三年《ねん》が強《つよ》かったけど、もう引退《いんたい》しちゃったからなー。一年《ねん》もまだまだだし」

「だから、私《わたし》たちががんばらないと！」

香《かおり》の声《こえ》が大《おお》きくなる。

「みゆきはシュートが甘《あま》いよ。フリーの時《とき》は確実《かくじつ》にきめなきゃ」

「今日《きょう》はちょっと調子《ちょうし》が悪《わる》かったの。それに、文句《もんく》言《い》うなら、まずミリでしょ」

みゆきは、更衣室《こういしつ》のすみにいたミリを指《ゆび》さす。

ミリの体《からだ》がぴくりと動《うご》いた。ミリは香《かおり》と同《おな》じ十四歳《さい》の女《おんな》の子《こ》で、チームの中《なか》で一番小柄《いちばんこがら》だった。色白《いろじろ》で体力《たいりょく》も低《ひく》く、運動《うんどう》センスもなかった。

「一番《いちばん》ミスしてたのはミリじゃん。何回《なんかい》もボール取《と》られちゃうしさー」

「う……………ご、ごめんなさい」

ミリが申《もう》し訳《わけ》なさそうに頭《あたま》をさげると、ツインテールにした髪《かみ》も小《ちい》さくゆれた。

「と、とにかく、残《のこ》って特訓《とっくん》だからね」

香《かおり》がそう言《い》うと、由美《ゆみ》とみゆきが同時《どうじ》に首《くび》を横《よこ》に振《ふ》る。

「ごめん！　今日《きょう》は塾《じゅく》だから」

「私《わたし》も予定《よてい》があって、特訓《とっくん》は無理《むり》っ！」

二人《ふたり》は足早《あしばや》に更衣室《こういしつ》から出《で》ていった。他《ほか》の部員《ぶいん》たちも更衣室《こういしつ》からいなくなる。

残《のこ》ったのは香《かおり》とミリだけだった。

(こんなんだから、試合《しあい》に負《ま》けるんだよ)

自分《じぶん》の気持《きも》ちが伝《つた》わらずに、香《かおり》の心《こころ》がいらだった。

(由美《ゆみ》もみゆきもセンスいいんだから、ちゃんと練習《れんしゅう》すれば、もっとうまくなるのに)

「香《かおり》………」

ミリが香《かおり》に歩《あゆ》み寄《よ》った。

「私《わたし》は大丈夫《だいじょうぶ》だから、いっしょに練習《れんしゅう》しよ」

「ミリ………」

けわしかった香《かおり》の表情《ひょうじょう》が、ミリの言葉《ことば》でやわらいだ。

香《かおり》とミリは体育館《たいいくかん》に戻《もど》って、練習《れんしゅう》を始《はじ》めた。

「ちがう！　守《まも》る時《とき》はもっと腰《こし》を低《ひく》くして！」

「う、うん」

ミリは腰《こし》を落《お》として、両手《りょうて》を左右《さゆう》に広《ひろ》げる。

「そう。そして、どっちから抜《ぬ》いてくるかを判断《はんだん》するの。私《わたし》の動《うご》きを見《み》て」

香《かおり》は一度《いちど》右《みぎ》に動《うご》くふりをして、左《ひだり》からミリを抜《ぬ》き去《さ》った。そのまま、ドリブルを続《つづ》けて、シュートを打《う》つ。

「あ………ナイスシュート！」

「ナイスシュートじゃないよ。ちゃんと止《と》めないと」

ぱちぱちと手《て》をたたいているミリを見《み》て、香《かおり》はため息《いき》をつく。

(ミリはまじめで練習熱心《れんしゅうねっしん》なんだけど、うちのチームで一番下手《いちばんへた》。性格《せいかく》が素直《すなお》でおっとりしてるから、フェイントにもすぐひっかかるし)

「とにかく、味方《みかた》の位置《いち》もちゃんと確認《かくにん》すること。それで、相手《あいて》の動《うご》きも読《よ》みやすくなるからね」

「味方《みかた》の位置《いち》かぁー。そんなこと考《かんが》えたこともなかったよ」

「いや、考《かんが》えてよ」

「だって、みんな動《うご》いているから」

「そりゃ、試合《しあい》だからね。でも、ボールの位置《いち》から予想《よそう》することもできるから」

「………ほんと、香《かおり》はすごいねぇ」

ミリが尊敬《そんけい》のまなざしを香《かおり》に向《む》ける。

「それにくらべて、私《わたし》はダメだなぁー。一年生《ねんせい》もうまくなってきてるし、私《わたし》なんて、すぐレギュラーからはずされちゃうよ」

「何言《なにい》ってんの！」

香《かおり》はミリの肩《かた》を両手《りょうて》でつかんだ。

「うちのチームで一番練習熱心《いちばんれんしゅうねっしん》なのはミリじゃん。たしかに、まだまだ下手《へた》っぴだけどさ。でも、ちゃんとがんばれば、由美《ゆみ》やみゆきよりうまくなるって」

「そうかな？」

「うん！　しっかり練習《れんしゅう》して、大会《たいかい》で優勝《ゆうしょう》しようよ！」

香《かおり》の言葉《ことば》にミリのほおがゆるむ。

「香《かおり》は初《はじ》めて会《あ》った時《とき》も、そうやってはげましてくれたよね」

「初《はじ》めて………ああ、ミリが入部《にゅうぶ》してきた時《とき》か」

香《かおり》はその時《とき》のことを思《おも》いだす。

「あ…………」

ミリがドリブルしていたボールが足《あし》にあたり、ころころと体育館《たいいくかん》の床《ゆか》を転《ころ》がった。

そのボールを拾《ひろ》いあげ、香《かおり》はミリに近《ちか》づく。

「ねぇ、初心者《しょしんしゃ》？」

「う、うん。バスケのボールにさわるのも初《はじ》めてで」

「そっか。私《わたし》、小学生《しょうがくせい》のころからバスケやってたから、教《おし》えてあげるよ」

「いいの？」

香《かおり》は首《くび》をたてに動《うご》かす。

「もちろんだよ。これから、チームメイトになるんだしね」

「あ………ありがとう。えーと………」

「美山《みやま》だよ。美山香《みやまかおり》」

「私《わたし》はミリ。高橋《たかはし》ミリ」

「よろしくね。がんばって練習《れんしゅう》して、大会《たいかい》で優勝《ゆうしょう》しようよ」

「う…………うんっ！」

ミリは胸《むね》の前《まえ》で両手《りょうて》をにぎって、大《おお》きくうなずいた。


「なつかしいねぇー」

香《かおり》は目《め》を細《ほそ》くして、ミリを見《み》つめる。

「あのころから、ミリって変《か》わらないよね。髪形《かみがた》もずっとツインテールだし」

「えーっ、でも、身長《しんちょう》は伸《の》びたよ」

ぷっとほおをふくらませて、ミリは香《かおり》に顔《かお》を近《ちか》づける。

「三年《ねん》になったら、香《かおり》より高《たか》くなるかもしれないし」

「そうなってくれたらいいんだけどね。身長《しんちょう》が高《たか》いとバスケは断然有利《だんぜんゆうり》だからさ。なんなら、二メートル超《こ》えるぐらい成長《せいちょう》してよ」

「いやいや、それは無理《むり》だって」

「あはは っ！　やっぱり無理《むり》かー」

香《かおり》は笑《わら》いながらボールをミリに渡《わた》す。

「それなら、もっと練習《れんしゅう》しないとね」

「うんっ！　私《わたし》がんばるよ」

「おーいっ！」

突然《とつぜん》、体育館《たいいくかん》の入《い》り口《ぐち》から、顧問《こもん》の井上先生《いのうえせんせい》の声《こえ》が聞《き》こえてきた。

「まだ、練習《れんしゅう》してたのか？　あんまり無理《むり》するなよ。試合《しあい》終《お》わったばかりなんだから」

「はーい！　あ、先生《せんせい》」

香《かおり》は井上先生《いのうえせんせい》にかけ寄《よ》った。

「さっきの試合《しあい》撮《と》ってありますよね。チェックしたいんでカメラを貸《か》してください」

「わかった。今《いま》から職員室《しょくいんしつ》に戻《もど》るから、いっしょに来《こ》い」

「はい」と返事《へんじ》をして、香《かおり》はミリのほうを向《む》く。

「そろそろ、練習終《れんしゅうお》わろうか」

「あ、私《わたし》、もうちょっとやってくよ」

ミリは、持《も》っていたボールを軽《かる》くたたく。

「ドリブルの練習《れんしゅう》したいし」

「そう。じゃあ、また明日《あした》」

「あ…………香《かおり》」

「ん？　何《なに》？」

「…………」

数秒間《すうびょうかん》、ミリは無言《むごん》になった。

「ミリ？」

「……ううん。なんでもない」

ミリはにっこりと微笑《ほほえ》んだ。

井上先生《いのうえせんせい》と渡《わた》りろうかを歩《ある》きながら、香《かおり》は次《つぎ》の試合《しあい》のことを考《かんが》えていた。

(次《つぎ》の大会《たいかい》は絶対《ぜったい》に勝《か》ちたい。ミリもあんなにがんばってるし、私《わたし》がもっと点《てん》をとれば、優勝《ゆうしょう》の可能性《かのうせい》だってある)

こぶしを強《つよ》くにぎりしめ、香《かおり》は空《そら》を見《み》あげる。

（神様《かみさま》、どうか、私《わたし》たちを勝《か》たせてください！）

家《いえ》に帰《かえ》った香《かおり》は、リビングで試合《しあい》の動画《どうが》をチェックしていた。テレビ画面《がめん》に自分《じぶん》たちの姿《すがた》が映《うつ》っている。

「あーっ、やっぱりシュートの成功率《せいこうりつ》が低《ひく》いな。あとはリバウンドか。そこをしっかり練《れん》習《しゅう》すれば……」

「香《かおり》っ！」

突然《とつぜん》、母親《ははおや》がリビングに入《はい》ってきた。

「今《いま》、学校《がっこう》から電話《でんわ》があって、ミリちゃんが……」

「ミリがどうかしたの？」

「体育館《たいいくかん》で事故《じこ》に遭《あ》って、亡《な》くなったって」

「……え？」

一瞬《いっしゅん》、香《かおり》は母親《ははおや》が何《なに》を言《い》っているのか理解《りかい》できなかった。

「ミリが……死《し》んだ？」

香《かおり》の唇《くちびる》が半開《はんびら》きのまま、停止《ていし》した。

二日後《ふつかご》、香《かおり》はチームの仲間《なかま》といっしょにミリの告別式《こくべつしき》に参列《さんれつ》した。

受付《うけつけ》の前《まえ》に集《あつ》まっていた大人《おとな》たちの声《こえ》が、香《かおり》の耳《みみ》に届《とど》く。

「…………ひどい事故《じこ》だったみたいね」

「ええ。バスケットゴールのボードが落《お》ちてきて、首《くび》に…………」

「首《くび》って、じゃあ…………」

「うん。完全《かんぜん》に切断《せつだん》されてたって。しかも、頭《あたま》が見《み》つかってないらしいのよ」

「えっ？　どうして？」

「私《わたし》にわかるわけないでしょ。警察《けいさつ》は今《いま》もさがしてるみたいだけど」

「じゃあ、棺《ひつぎ》に入《はい》っているミリちゃんは…………」

「頭《あたま》がない状態《じょうたい》だって」

「かわいそうに…………」

香《かおり》はそんな会話《かいわ》をしている大人《おとな》たちから離《はな》れて、祭壇《さいだん》に向《む》かった。

祭壇《さいだん》は多《おお》くの花《はな》で飾《かざ》られ、中央《ちゅうおう》にミリの写真《しゃしん》がおかれている。微笑《ほほえ》んでいるミリの写真《しゃしん》を見《み》て、香《かおり》の胸《むね》が痛《いた》んだ。

「……………ミリ」

香《かおり》は写真《しゃしん》に向《む》かって話《はな》しかけた。

「あの時《とき》、私《わたし》に何《なに》を言《い》おうとしてたの？」

その質問《しつもん》に答《こた》える者《もの》は、もういない。

香《かおり》の目《め》から、すっと涙《なみだ》がこぼれ落《お》ちた。

一《いっ》か月後《げつご》、体育館《たいいくかん》にバスケ部《ぶ》の部員《ぶいん》が集《あつ》まった。

ジャージ姿《すがた》の井上先生《いのうえせんせい》が暗《くら》い表情《ひょうじょう》で話《はな》しはじめる。

「ミリのことは本当《ほんとう》に残念《ざんねん》だった。みんなもつらいだろうし、本人《ほんにん》も無念《むねん》だろう。だが、落《お》ちこんでいても意味《いみ》はない。ミリの分《ぶん》までがんばろうじゃないか」

「先生《せんせい》っ！」

香《かおり》のとなりにいた由美《ゆみ》が右手《みぎて》をあげた。

「がんばるって、大会《たいかい》に出《で》るんですか？」

「そのつもりだ」

先生《せんせい》の言葉《ことば》に、周囲《しゅうい》の女《おんな》の子《こ》たちが騒《さわ》ぎだす。

「えーっ、一《いっ》か月《げつ》も部活休《ぶかつやす》みだったのに、大会《たいかい》に出《で》るって無茶《むちゃ》だよ」

「うん。ただでさえ、うちのチームは弱《よわ》いのに」

「ていうか、レギュラーどうするの？　ミリがいなくなったから、一年生《ねんせい》に出《で》てもらうしかないよね」

「そんなんじゃ、どうせ勝《か》てないよ」

（そうだ。こんな状態《じょうたい》で勝《か》てるわけない）

香《かおり》は唇《くちびる》を強《つよ》く結《むす》ぶ。

その時《とき》、床《ゆか》に転《ころ》がっていたバスケットボールが視界《しかい》に入《はい》った。

（集《あつ》まる前《まえ》に誰《だれ》かが練習《れんしゅう》してたのかな。ミリみたいに……………）

ひとりで練習《れんしゅう》しているミリの姿《すがた》を思《おも》いだす。

（ミリは下手《へた》だったけど、人一倍《ひといちばい》努力《どりょく》してた。私《わたし》の練習《れんしゅう》にもつきあってくれて）

ボールを拾《ひろ》いあげて、香《かおり》は深《ふか》く息《いき》を吸《す》いこんだ。

「みんな……大会《たいかい》に出《で》ようよ」

全員《ぜんいん》の視線《しせん》が香《かおり》に向《む》いた。

「ミリは試合《しあい》に勝《か》つために努力《どりょく》してた。その努力《どりょく》をムダにはできないよ。大会《たいかい》で優勝《ゆうしょう》して、ミリに報告《ほうこく》しよう！」

「優勝《ゆうしょう》って……」

みゆきが目《め》をぱちぱちと動《うご》かす。

「本気《ほんき》で優勝《ゆうしょう》をねらうの？　一《いっ》か月前《げつまえ》の練習試合《れんしゅうじあい》でもボロ負《ま》けしたのに」

「真剣《しんけん》に練習《れんしゅう》すれば大丈夫《だいじょうぶ》だって。ミリも私《わたし》たちが優勝《ゆうしょう》することを願《ねが》ってるはずだから」

「……そうだね。ミリは下手《へた》だったけど、勝《か》とうって意識《いしき》は強《つよ》かった」

「ミリのために、私《わたし》たちは勝《か》たないといけないんだ！」

強《つよ》い意志《いし》を感《かん》じる香《かおり》の言葉《ことば》に、チームメイトの意識《いしき》が変化《へんか》しはじめた。

「優勝《ゆうしょう》しようよ！　ミリも絶対《ぜったい》に喜《よろこ》んでくれるから」

「うんっ！　私《わたし》もちゃんと練習《れんしゅう》する」

「私《わたし》だって！　塾《じゅく》なんかどうでもいいよ」

「私《わたし》もレギュラー目指《めざ》してがんばります！」

「みんな……」

盛《も》りあがっているチームメイトの姿《すがた》を見《み》て、香《かおり》の瞳《ひとみ》がうるんだ。


その日《ひ》から、香《かおり》たちは練習《れんしゅう》を再開《さいかい》した。休《やす》むことが多《おお》かった由美《ゆみ》やみゆきも毎日《まいにち》部活《ぶかつ》に参加《さんか》するようになり、一年生《ねんせい》もレギュラーを目指《めざ》して、目《め》の色《いろ》を変《か》えていた。

チームの雰囲気《ふんいき》が変《か》わっていくのを香《かおり》は感《かん》じていた。

（一《いっ》か月《げつ》のブランクがあっても私《わたし》たちは負《ま》けない。ミリのためにも優勝《ゆうしょう》するんだ！）

体育館《たいいくかん》の窓《まど》から星空《ほしぞら》が見《み》える時間《じかん》になっても、香《かおり》たちは練習《れんしゅう》を続《つづ》けた。


三週間後《しゅうかんご》、秋《あき》の新人戦《しんじんせん》が始《はじ》まった。

初戦《しょせん》の相手《あいて》は、以前練習試合《いぜんれんしゅうじあい》をした青巻中《あおまきちゅう》だった。

「初戦《しょせん》が赤巻中《あかまきちゅう》なのはラッキーだね」

青巻中《あおまきちゅう》の選手《せんしゅ》の声《こえ》が赤巻中《あかまきちゅう》のベンチに聞《き》こえてきた。

「この前《まえ》の練習試合《れんしゅうじあい》でも、うちの圧勝《あっしょう》だったし」

「まあ、問題《もんだい》ないっしょ。四番《ばん》の子《こ》だけマークしてれば」

「香先《かおりせん》パイ………」

一年《ねん》でレギュラーになった桃子《ももこ》が、不安《ふあん》そうな顔《かお》で香《かおり》に近《ちか》づいた。

「わ、私《わたし》なんかがレギュラーで大丈夫《だいじょうぶ》でしょうか？」

「自信《じしん》をもって、桃子《ももこ》」

香《かおり》は桃子《ももこ》の肩《かた》に手《て》をおく。

「あなたは一年《ねん》で一番《いちばん》うまいの。それにチームのみんなも成長《せいちょう》したから」

(そうだ。この三週間《しゅうかん》、私《わたし》たちは必死《ひっし》に練習《れんしゅう》してきた。練習試合《れんしゅうじあい》のようにはいかないから)

ぎらりとした目《め》で、香《かおり》は相手《あいて》チームの選手《せんしゅ》をにらみつけた。

試合《しあい》が始《はじ》まると、青巻中《あおまきちゅう》が一気《いっき》にリードを奪《うば》った。

【赤巻中《あかまきちゅう》：2点《てん》　青巻中《あおまきちゅう》：10点《てん》】

（まずい。このままじゃ、追《お》いつけなくなる）

香《かおり》はドリブルしながらコートを走《はし》る。その前《まえ》に二人《ふたり》の選手《せんしゅ》が立《た》ちふさがった。

「由美《ゆみ》っ！」

由美《ゆみ》にパスをして、青巻中《あおまきちゅう》のディフェンスをすり抜《ぬ》ける。

「こっち戻《もど》して！」

「うん……あっ！」

由美《ゆみ》の投《な》げたボールが、香《かおり》のいる位置《いち》とはちがう方向《ほうこう》に進《すす》む。

（ここでパスミス？　まずいっ！）

そう思《おも》った瞬間《しゅんかん》、突然《とつぜん》ボールの軌道《きどう》が変《か》わった。

香《かおり》は自分《じぶん》に向《む》かってくるボールをキャッチする。

「ナイスパス！」

香《かおり》はボールを素早《すばや》く桃子《ももこ》に送《おく》った。

「桃子《ももこ》、そこからシュート！」

「は、はい！」

桃子《もも こ》がシュートを打《う》った。ボールはバスケットのリングにあたって、ふわりと浮《う》きあがった。

「入《はい》んないよ！　リバウンド！」

青巻中《あおまきちゅう》の選手《せんしゅ》がゴール下《した》に集《あつ》まる。

しかし、浮《う》きあがったボールは、生《い》き物《もの》のようにくねくねと動《うご》いてゴールネットをすり抜《ぬ》ける。

「ウソっ？　今《いま》のが入《はい》るの？」

青巻中《あおまきちゅう》の選手《せんしゅ》たちが目《め》を丸《まる》くして、バウンドしているボールを見《み》つめる。

「ナイス、桃子《もも こ》」

香《かおり》は桃子《もも こ》の背中《せ なか》をたたいた。

「さあ、守《まも》るよ」

「は………はい、香先《かおりせん》パイ！」

桃子《もも こ》と並《なら》んで走《はし》りながら、香《かおり》はぐっとこぶしをにぎりしめる。

（今《いま》のは、さすがに入《はい》らないと思《おも》ったけど、運《うん》が味方《み かた》してるみたいだ。相手《あい て》も動揺《どうよう》してる

し、チャンスかもしれない）

それからも香《かおり》たちのシュートはどんどんきまった。離《はな》れていた点差《てんさ》が縮《ちぢ》まり、同点《どうてん》になる。青巻中《あおまきちゅう》の選手《せんしゅ》たちの顔《かお》に、あせりの色《いろ》が浮《う》かんだ。

（いける！　みんなのパスも今日《きょう》はつながってるし）

香《かおり》はフェイントでディフェンスをかわすと、シュートを放《はな》った。ボールはゆれるような動《うご》きをして、ゴールネットに入《はい》った。

観客《かんきゃく》の歓声《かんせい》が体育館《たいいくかん》の中《なか》に響《ひび》いた。

（よし！　これで逆転《ぎゃくてん》！）

「香《かおり》っ、ナイスシュート！」

みゆきが香《かおり》に声《こえ》をかける。

「全部《ぜんぶ》のシュートがきまってるじゃん」

「うん！　どんどん私《わたし》にまわしてて。今日《きょう》は調子《ちょうし》がいいの」

自陣《じじん》に戻《もど》りながら、香《かおり》は自分《じぶん》の手《て》を見《み》る。

(今《いま》のシュート、はずれると思《おも》ったのにうまく入《はい》ってくれた。これなら…………)

「さあ、ディフェンスだよ！　四番《ばん》と五番《ばん》、チェック！」

香《かおり》は腰《こし》を落《お》として、チームメイトに声《こえ》をかけた。

試合終了《しあいしゅうりょう》の笛《ふえ》が鳴《な》ると、香《かおり》の周《まわ》りにチームメイトが集《あつ》まった。

「勝《か》った！　勝《か》ったよ、香《かおり》！」

由美《ゆみ》が笑顔《えがお》で香《かおり》に抱《だ》きつく。

「信《しん》じられない。私《わたし》たちが青巻中《あおまきちゅう》に勝《か》てるなんて」

「勝《か》った……？」

「そうだよ。私《わたし》たちが勝《か》ったんだよ、香《かおり》！」

香《かおり》は視線《しせん》を動《うご》かして、スコアを確認《かくにん》する。

【赤巻中《あかまきちゅう》：38点　青巻中《あおまきちゅう》：32点】

「香《かおり》のおかげだよ。シュートがばんばんきまって。一年生《ねんせい》もよくやったよ」

「先《せん》パイのパスがよかったからですっ！」

「みんな、すごいって！　みゆきのディフェンスもばっちりだったしさ」

喜《よろこ》んでいるチームメイトたちから離《はな》れて、香《かおり》は床《ゆか》に転《ころ》がっていたボールを拾《ひろ》いあげた。

「やったよ……ミリ」

(今日《きょう》の試合《しあい》……ミリが近《ちか》くにいたような気《き》がしたよ。いっしょに試合《しあい》に出《で》ていたような)

ミリのことを思《おも》いだして、香《かおり》の目頭《めがしら》が熱《あつ》くなった。


それから、香《かおり》たちのチームは快進撃《かいしんげき》を続《つづ》けた。二回戦《かいせん》の緑巻中《みどりまきちゅう》に勝《か》ち、三回戦《かいせん》の紫巻中《むらさきまきちゅう》にも勝利《しょうり》した。香《かおり》のシュートの成功率《せいこうりつ》は七割《わり》を超《こ》え、チームメイトのシュートもよく入《はい》るようになった。突然強《とつぜんつよ》くなった香《かおり》たちに、対戦《たいせん》チームの選手《せんしゅ》たちは驚《おどろ》きの表情《ひょうじょう》を浮《う》かべていた。


「香《かおり》キャプテン、備品《びひん》チェック終《お》わりました」

体育館《たいいくかん》の用具《ようぐ》おき場《ば》の中《なか》で、一年生《ねんせい》の部員《ぶいん》が香《かおり》にチェック表《ひょう》を渡《わた》してきた。

「ありがとう、もう、あがっていいよ」

「はい。じゃあ、お先《さき》に失礼《しつれい》します」

一年生《ねんせい》は頭《あたま》をさげて、用具《ようぐ》おき場《ば》を出《で》ていく。

香《かおり》は白《しろ》い壁《かべ》に背《せ》をむけて、チェック表《ひょう》を確認《かくにん》する。

「…………あれ？　ボールの数《かず》が一個《いっこ》多《おお》いじゃん」

ボールがぎっしりと入《はい》っている金属製《きんぞくせい》のカゴに近《ちか》づき、その数《かず》を数《かぞ》える。

「……五、六…………十八、十九…………二十一…………あ、たしかに多《おお》いな」

念《ねん》のため、もう一度《いちど》数《かぞ》えてみるが、やはりボールは一《ひと》つ多《おお》い。

「もしかして、誰《だれ》かの私物《しぶつ》かな。まあ、いいや。足《た》りないわけじゃないし」

そうつぶやいて、香《かおり》は出入《でい》り口《ぐち》に向《む》かった。

『香《かおり》…………』

突然《とつぜん》、背後《はいご》から女《おんな》の子《こ》の声《こえ》が聞《き》こえた。

あわてて、香《かおり》は振《ふ》り返《かえ》る。しかし、用具《ようぐ》おき場《ば》の中《なか》に人《ひと》の姿《すがた》はない。

「…………誰《だれ》かいるの？」

香《かおり》の声《こえ》に反応《はんのう》はなく、用具《ようぐ》おき場《ば》はしんと静《しず》まり返《かえ》っている。

「変《へん》だな。たしかに声《こえ》が聞《き》こえたと思《おも》ったのに………」

(今《いま》の声《こえ》………ミリの声《こえ》に似《に》てた。でも、そんなことありえない。ミリは死《し》んじゃったから)

ミリのことを思《おも》いだして、香《かおり》の表情《ひょうじょう》がけわしくなった。

「ミリ………明日《あした》は準決勝《じゅんけっしょう》だよ。あんなに弱《よわ》かった私《わたし》たちが準決勝《じゅんけっしょう》に残《のこ》るなんて、すごいでしょ。あんたのかわりに入《はい》った一年《ねん》の桃子《ももこ》ががんばってるんだ」

香《かおり》は深《ふか》く息《いき》をはきだす。

「私《わたし》、気《き》づいちゃったよ。あんたがいないほうが私《わたし》たちは強《つよ》いって………」

(ミリのことは好《す》きだった。でも、バスケの実力《じつりょく》は桃子《ももこ》のほうが上《うえ》だし、ミリがいなくなってからチームが勝《か》ちつづけているのも事実《じじつ》なんだ)

用具《ようぐ》おき場《ば》の電気《でんき》を消《け》して、香《かおり》はドアをしっかりと閉《し》めた。

「うわっ、すごい！」

体育館《たいいくかん》に集《あつ》まっている赤巻中《あかまきちゅう》の生徒《せいと》たちを見《み》て、由美《ゆみ》が目《め》を丸《まる》くした。

「うちらの試合《しあい》に、こんなにたくさんの人《ひと》が応援《おうえん》に来《き》てくれるなんて」

「準決勝《じゅんけっしょう》だからね」

香《かおり》は準備運動《じゅんびうんどう》をしながら、二階《かい》のギャラリーを見《み》まわす。

「あのメガネかけた人《ひと》、北高《きたこう》のバスケ部《ぶ》の監督《かんとく》だよ」

「えっ？　北高《きたこう》ってバスケの強豪《きょうごう》じゃん。私《わたし》たち注目《ちゅうもく》されてるってこと？」

「だと思《おも》うよ。有望《ゆうぼう》な人材《じんざい》をさがしてるんだろうね」

「マジでっ！　が、がんばらないと」

「みんな集《あつ》まって！」

香《かおり》はチームメイトと円陣《えんじん》を組《く》んだ。

「黄巻中《きまきちゅう》は強《つよ》いけど、今《いま》の私《わたし》たちなら勝《か》てない相手《あいて》じゃない。勝《か》って決勝《けっしょう》に行《い》くよ！」

「「「おーっ！」」」

チームメイトが気合《きあ》いの声《こえ》をあげた。

試合《しあい》が始《はじ》まると同時《どうじ》に、香《かおり》はドリブルで敵陣《てきじん》に向《む》かった。すぐに黄巻中《きまきちゅう》の選手《せんしゅ》が香《かおり》をマークする。

「みゆきっ！」

ななめうしろにいたみゆきにパスをする。みゆきはそのボールを由美《ゆみ》に送《おく》る。ボールの軌道《きどう》が曲《ま》がり、サイドラインを超《こ》え、壁《かべ》にあたった。

「あ………ご、ごめん」

「ドンマイっ！　守《まも》るよ！」

香《かおり》はみゆきの肩《かた》をたたいて、自陣《じじん》に戻《もど》る。

(久《ひさ》しぶりにパスミスがでちゃったか。みんな準決勝《じゅんけっしょう》で緊張《きんちょう》してるのかもしれない。落《お》ち着《つ》かせないと)

「じっくり守《まも》るよ！　試合《しあい》は始《はじ》まったばかりだからね」

「はいっ！」

チームメイトの声《こえ》が体育館《たいいくかん》に響《ひび》いた。

しかし、それからも香《かおり》たちのチームのミスは続《つづ》いた。何度《なんど》もパスミスを繰《く》り返《かえ》し、シュートもことごとくはずした。

【赤巻中《あかまきちゅう》：0点《てん》　黄巻中《きまきちゅう》：10点《てん》】

インターバル中《ちゅう》、香《かおり》はチームメイトの前《まえ》で眉《まゆ》を吊《つ》りあげた。

「何《なに》やってんの？　もう十点差《てんさ》だよ。みんな、ミスが多《おお》すぎだって！」

「ごめん、香《かおり》」

由美《ゆみ》が肩《かた》で息《いき》をしながら、首《くび》をかたむけた。

「なんか変《へん》なんだよ」

「変《へん》って何《なに》が？　体調《たいちょう》悪《わる》いの？」

「ちがうの。ボールが勝手《かって》に動《うご》いているような気《き》がして…………」

「そんなことあるわけないでしょ！」

「でも、大会《たいかい》が始《はじ》まってから、ボールが変《へん》な動《うご》きをしたこと多《おお》かったじゃん。香《かおり》も気《き》づいていたでしょ？」

「それは…………」

香《かおり》は最近《さいきん》の試合《しあい》を思《おも》いだした。

（たしかにボールの動《うご》きがおかしかったことはあるけど、勝手《かって》に動《うご》くなんてありえない）

「私《わたし》も気《き》になってました」

桃子《ももこ》が右手《みぎて》をあげた。

「絶対《ぜったい》にはずしたと思《おも》ったシュートが何本《なんぼん》も入《はい》ったんです。でも、今日《きょう》は逆《ぎゃく》に入《はい》ると思《おも》ったシュートが全然《ぜんぜん》きまらなくて」

他《ほか》のチームメイトたちも、うんうんと首《くび》をたてに振《ふ》る。

「私《わたし》も変《へん》だと思《おも》ってた。ボールがゆれるように動《うご》いてるんだよ」

「うん。絶対《ぜったい》におかしいって」

「ちょっと待《ま》ってよ！」

香《かおり》は胸《むね》の前《まえ》で両手《りょうて》をたたく。

「仮《かり》にボールがおかしいとしても、それは相手《あいて》チームも同《おな》じ条件《じょうけん》でしょ」

「それは………そうだけど」

もごもごと由美《ゆみ》が口《くち》を動《うご》かす。

「とにかくがんばってよ。これ以上点差《いじょうてんさ》がついたら、逆転《ぎゃくてん》できないから」

そう言《い》って、香《かおり》は一年生《ねんせい》が持《も》ってきたスポーツドリンクを口《くち》にした。

試合《しあい》が再開《さいかい》されると、すぐに由美《ゆみ》がパスをミスした。

「由美《ゆみ》っ！」

「ご、ごめん。でも、やっぱりボールが………」

「言《い》い訳《わけ》はいいから！」

香《かおり》は相手《あいて》チームの選手《せんしゅ》からボールを奪《うば》った。

（こうなったら、私《わたし》がドリブルで………）

その時《とき》、持《も》っているボールに違和感《いわかん》を覚《おぼ》えた。

（あれ？　このボール……冷《つめ》たい。それに髪《かみ》の毛《け》にさわっているみたいな………）

香《かおり》は視線《しせん》を落《お》として、持《も》っているモノを見《み》た。

それはボールではなく、ミリの頭部《とうぶ》だった。目《め》は閉《と》じていて、薄《うす》い唇《くちびる》がかさかさに乾《かわ》いている。ロウソクのように白《しろ》くなったミリの顔《かお》を見《み》て、香《かおり》の両腕《りょううで》に鳥肌《とりはだ》がたった。

「うわあああっ！」

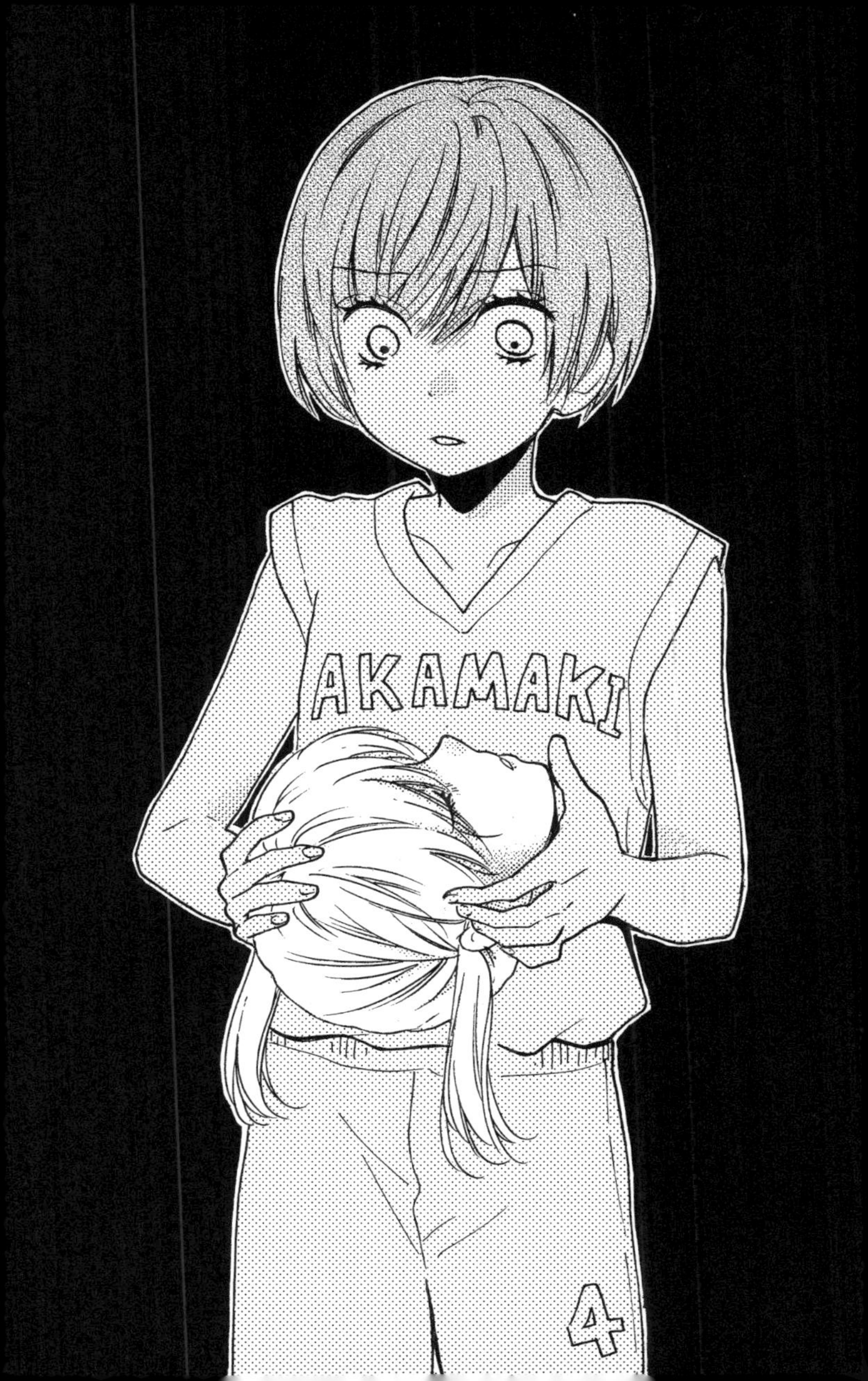
AKAMAKI
4

香《かおり》は悲鳴《ひめい》をあげながら、ミリの頭部《とうぶ》を投《な》げすてる。

「香《かおり》、どうしたの？」

みゆきが香《かおり》にかけ寄《よ》る。

「ミ…………ミリの、あ、頭《あたま》…………」

「ミリ？　何言《なにい》ってるの？」

みゆきは香《かおり》が投《な》げたモノを指《ゆび》さす。それはただのボールだった。

「そんな…………」

黄巻中《きまきちゅう》の選手《せんしゅ》がサイドラインを割《わ》ったボールを拾《ひろ》って、試合《しあい》が再開《さいかい》される。

「香《かおり》っ、ディフェンス！」

「う、うん」

香《かおり》はあわてて自陣《じじん》に戻《もど》る。

（今《いま》のは何《なに》？　ボールがミリの頭《あたま》になってた…………）

ミリの告別式《こくべつしき》で大人《おとな》たちが話《はな》していたことを思《おも》いだす。

（そうだ。ミリの頭《あたま》はまだ見《み》つかってなかった。まさか、ボールにまじって…………。で

も、そんなことあるはずない)

桃子《ももこ》が相手《あいて》チームからボールを奪《うば》って、香《かおり》に向《む》かって投《な》げる。

「香先《かおりせん》パイっ!」

「ひ、ひいっ!」

そのボールを受《う》けとめることができずに、香《かおり》はその場《ば》にしゃがみこんだ。

ボールはサイドラインを割《わ》って、壁《かべ》にぶつかる。

「何《なに》やってんだ! 香《かおり》!」

井上先生《いのうえせんせい》の怒声《どせい》が聞《き》こえてきた。

「そんなゆるいパス避《よ》けてどうする! まじめにやれっ!」

冷《つめ》たい汗《あせ》が額《ひたい》から床《ゆか》に落《お》ちる。

「ま、まさか……」

(ミリなの? ミリがボールになって、私《わたし》たちを助《たす》けてた? でも、それならなぜ、今日《きょう》は邪魔《じゃま》して……あ……)

用具《ようぐ》おき場《ば》で言《い》った言葉《ことば》を思《おも》いだす。

『私《わたし》、気《き》づいちゃったよ。あんたがいないほうが私《わたし》たちは強《つよ》いって…………』

（ミリは聞《き》いていたんだ。あの時《とき》、カゴの中《なか》のボールにまじって…………）

香《かおり》はふらふらと立《た》ちあがった。

「香《かおり》っ、ゴール前《まえ》に走《はし》れ！　おまえが点《てん》をとるんだ！」

井上先生《いのうえせんせい》の声《こえ》に反応《はんのう》して走《はし》りだす。

（ミリ………怒《おこ》ってるの？　私《わたし》があんなこと言《い》ったから）

歓声《かんせい》が大《おお》きくなり、香《かおり》は我《われ》に返《かえ》った。

由美《ゆみ》がドリブルしながら近《ちか》づいてくる。相手《あいて》チームの選手《せんしゅ》がその前《まえ》に立《た》ちふさがる。

「香《かおり》っ、お願《ねが》い！」

ボールが香《かおり》に向《む》かって投《な》げられた。そのボールがミリの頭部《とうぶ》に変化《へんか》する。閉《と》じていたミリの両目《りょうめ》がぱっと開《ひら》き、香《かおり》をにらみつけた。

「ひ、ひっ！」

香《かおり》は悲鳴《ひめい》をあげて、しりもちをついた。

「ミリ………ご、ごめん。ごめんなさい」

エンドラインを割《わ》ったボールに向《む》かって、香《かおり》は謝罪《しゃざい》の言葉《ことば》を口《くち》にした。

（ミリは死《し》んだあとも私《わたし》たちといっしょに戦《たたか》っていたのに………）

突然《とつぜん》、ミシミシと何《なに》かがきしむ音《おと》が聞《き》こえてきた。あおむけになった状態《じょうたい》で視線《しせん》を動《うご》かすと、バスケットゴールのボードがぐらぐらとゆれている。

「あ………」

ガタンと大《おお》きな音《おと》がして、ボードがはずれた。そのボードが香《かおり》の首《くび》めがけて落《お》ちてくる。

（これって、ミリの事故《じこ》と同《おな》じ………）

香《かおり》の顔《かお》が恐怖《きょうふ》でゆがんだ。

迫《せま》ってくるボードのふちが、とがった刃物《はもの》のように見《み》える。

（ウ、ウソっ！　体《からだ》が動《うご》かない。このままじゃ、私《わたし》、首《くび》が切《き》れて………）

その時《とき》、転《ころ》がっていたボールが生《い》き物《もの》のように動《うご》いて、倒《たお》れている香《かおり》の首《くび》の横《よこ》でぴたりと止《と》まった。そのボールにボードのふちがあたり、はね返《かえ》る。

ガシャンと大《おお》きな音《おと》がして、ボードが香《かおり》の横《よこ》の床《ゆか》に落《お》ちた。

体育館《たいいくかん》に観客《かんきゃく》の悲鳴《ひめい》が響《ひび》きわたる。

「香《かおり》っ！　大丈夫《だいじょうぶ》？」

由美《ゆみ》が香《かおり》にかけ寄《よ》った。他《ほか》のチームメイトたちも集《あつ》まってくる。

「……………う、うん」

香《かおり》は上半身《じょうはんしん》を起《お》こして、そばに落《お》ちているボールを見《み》つめる。

（ミリ……………私《わたし》を助《たす》けてくれたんだ。あんなひどいことを言《い》った私《わたし》を……………）

ミリの笑顔《えがお》が脳裏《のうり》に浮《う》かび、香《かおり》のほおを涙《なみだ》がすっと伝《つた》う。

「ミリ……………」

香《かおり》はボールを拾《ひろ》いあげ、両手《りょうて》で抱《だ》きしめた。

「ありがとう。私《わたし》たち、ずっといっしょだからね」

泣《な》きながらボールを抱《だ》いている香《かおり》を、チームメイトは、ふしぎそうな顔《かお》で見《み》つめていた。

五年後《ねんご》、香《かおり》は関東《かんとう》の大学《だいがく》のバスケチームに入《はい》っていた。

体育館《たいいくかん》の観客席《かんきゃくせき》から、香《かおり》を応援《おうえん》する声《こえ》が聞《き》こえてくる。

その声援《せいえん》を受《う》けて、香《かおり》の動《うご》きが加速《かそく》した。素早《すばや》く相手《あいて》チームの選手《せんしゅ》を抜《ぬ》き去《さ》り、スリーポイントラインの手前《てまえ》から、シュートを放《はな》った。

ボールがゆれるように動《うご》き、ゴールネットをすり抜《ぬ》ける。

同時《どうじ》に試合終了《しあいしゅうりょう》のホイッスルが鳴《な》った。

「やったね、香《かおり》！」

チームメイトが笑顔《えがお》で香《かおり》にかけ寄《よ》ってきた。

「これで私《わたし》たちのチームが優勝《ゆうしょう》だよ」

「香《かおり》のおかげだよ。香《かおり》がばんばん点《てん》をとってくれるから」

「うん。ほんと、香《かおり》はすごい！」

「みんながしっかり守《まも》ってくれたからね」

香《かおり》は額《ひたい》の汗《あせ》を手《て》でぬぐいながら、白《しろ》い歯《は》を見《み》せる。

「安心《あんしん》して攻《せ》められたよ」

「それが私《わたし》たちの戦《たたか》い方《かた》だからね」

「香《かおり》さんっ！」

メガネをかけた記者《きしゃ》が香《かおり》にかけ寄《よ》ってきた。

「あちらの席《せき》でインタビューをお願《ねが》いします」

香《かおり》は照明《しょうめい》に照《て》らされた席《せき》に案内《あんない》された。長机《ながづくえ》の上《うえ》には、今《いま》の試合《しあい》で使《つか》われたバスケットボールがおかれている。

「優勝《ゆうしょう》おめでとうございます」

記者《きしゃ》はマイクを香《かおり》に向《む》ける。

「今日《きょう》の試合《しあい》も大活躍《だいかつやく》でしたね」

「ありがとうございます」

香《かおり》は自分《じぶん》を映《うつ》しているカメラに笑顔《えがお》を見《み》せた。

「いつもながら、香《かおり》さんのシュート成功率《せいこうりつ》は驚異的《きょういてき》ですね。ボールが生《い》きてるみたいに動《うご》いてましたよ。どうやったら、あんなシュートが打《う》てるんですか？」

「……親友《しんゆう》のおかげです」

「親友《しんゆう》？」

「はい。私《わたし》はひとりじゃないんです。いつも、親友《しんゆう》といっしょに戦《たたか》っているから」

そう言《い》って、香《かおり》は長机《ながづくえ》の上《うえ》にあるボールを愛《いと》おしそうになでた。

dasadi
ILG
EXE

エピローグ

七十時間目《じかんめ》の授業《じゅぎょう》、楽《たの》しんでいただけましたか？
どうやら、香《かおり》は大学生《だいがくせい》になってもバスケットボールをやっているようです。
不幸《ふこう》な事故《じこ》で死《し》んだチームメイトといっしょに………。
彼女《かのじょ》のチームはこれからも勝《か》ちつづけるでしょう。
なにしろ、味方《みかた》がひとり多《おお》いのですから。
そんな香《かおり》の活躍《かつやく》を、皆《みな》さんも見《み》ることができるでしょう。
日《ひ》の丸《まる》を背負《せお》った彼女《かのじょ》の姿《すがた》を………。
その時《とき》は、応援《おうえん》してあげてください。
きっと、金《きん》メダルがとれると思《おも》いますよ。
さて、皆《みな》さんも香《かおり》のようにスポーツで活躍《かつやく》したいですか？

もし、そう考《かんが》えているのなら…………まじめに練習《れんしゅう》をしてください。
香《かおり》のように最強《さいきょう》の味方《みかた》を手《て》に入《い》れることは、難《むずか》しいでしょうから。
努力《どりょく》して勝利《しょうり》するのも、悪《わる》くはないと思《おも》いますよ。
それでは、皆《みな》さんの活躍《かつやく》を祈《いの》っています。

絶叫学級《ぜっきょうがっきゅう》

71時間目《じかんめ》

ポスターの中《なか》の少《しょう》女《じょ》

プロローグ

こんにちは。
皆《みな》さん、ちゃんと集《あつ》まっているようですね。
では、七十一時間目《じかんめ》の授業《じゅぎょう》を始《はじ》めましょう。
とても、恐《おそ》ろしい授業《じゅぎょう》を……。
皆《みな》さんは絵《え》を描《か》くのが好《す》きですか？
油絵《あぶらえ》の具《ぐ》、水彩絵《すいさいえ》の具《ぐ》、パステルにクレヨン。
いろんな画材《がざい》があります。
その画材《がざい》で、写真《しゃしん》みたいな絵《え》を描《か》く人《ひと》もいれば、ポップなイラストを描《か》く人《ひと》もいます。
絵《え》が趣味《しゅみ》でない人《ひと》も、美術《びじゅつ》の授業《じゅぎょう》で絵《え》を描《か》くことはあるでしょう。
そんな時《とき》、上手《じょうず》に描《か》ける人《ひと》がうらやましいですよね。

なかなか、思《おも》ったように描《か》くのは難《むずか》しいですから。
今回《こんかい》の授業《じゅぎょう》は、絵《え》を描《か》くのが好《す》きな少女《しょうじょ》の物語《ものがたり》です。
少女《しょうじょ》はどんな絵《え》を描《か》くのか。
そして、どんな物語《ものがたり》になるのか。
楽《たの》しみですね。

「うーん……どうしようかな」

朝《あさ》の教室《きょうしつ》で、宮崎由絵《みやざきゆえ》は机《つくえ》に顔《かお》を近《ちか》づけた。机《つくえ》の上《うえ》にはスケッチブックが広《ひろ》げてあり、シャーペンで女《おんな》の子《こ》の絵《え》が描《えが》かれている。

(服《ふく》はうちの中学《ちゅうがく》のセーラー服《ふく》にするか。髪形《かみがた》は私《わたし》と同《おな》じショートにして………。手《て》には花束《はなたば》を持《も》たせよう)

消《け》しゴムを使《つか》って絵《え》を修正《しゅうせい》していると、同《おな》じクラスのミホが背後《はいご》からスケッチブックをのぞきこんだ。ミホはセミロングヘアの背《せ》の高《たか》い女《おんな》の子《こ》だ。

「へーっ、女《おんな》の子《こ》の絵《え》か。あいかわらずうまいねぇー」

「まだ、下描《したが》きだけどね」

由絵《ゆえ》は頭《あたま》をわずかにかたむけて、自分《じぶん》の描《か》いた絵《え》を見《み》つめる。

「もう少《すこ》し、頭身《とうしん》を低《ひく》くしたほうがいいかな」

「まだ、修正《しゅうせい》するの？　今《いま》のままでもかわいいと思《おも》うけど」

「まだまだだよ。ポーズもいまいちな気《き》がするし」

「まあ、それだけこだわってるから、由絵《ゆえ》は絵《え》がうまいんだろうねー」

ミホはふっと息《いき》をつく。

「この前《まえ》も雑誌《ざっし》にイラストがのったんでしょ？」

「あーっ、あれは運《うん》がよかったんだよ。たまたまうまい人《ひと》がいなくてさ」

「またまたぁ、美術《びじゅつ》の荒井先生《あらいせんせい》にほめられてたじゃん。一年A組《ねんエーぐみ》で一番絵《いちばんえ》がうまいのは由《ゆ》絵《え》だって」

「そーそー」

となりの席《せき》で二人《ふたり》の話《はなし》を聞《き》いていた美鈴《みすず》が、うんうんとうなずく。

「林間学校《りんかんがっこう》のしおりの絵《え》もかわいかったし、イラストっていったら由絵《ゆえ》だよ」

「あははっ、ありがとう」

笑《わら》いながら、由絵《ゆえ》は頭《あたま》をかいた。

（まあ、小《ちい》さいころから、毎日絵《まいにちえ》を描《か》いてたからね。うまいのは当《あ》たり前《まえ》だよ。って、口《くち》にはださないけど）

「たしかに由絵《ゆえ》は絵《え》がうまいよな」

突然《とつぜん》、前《まえ》の席《せき》の男《おとこ》の子《こ》が振《ふ》り返《かえ》った。

「あ、秋斗《あきと》くん」

由絵《ゆえ》の顔《かお》が燃《も》えるように熱《あつ》くなる。

「由絵《ゆえ》って、マンガっぽい絵《え》も描《か》けるし、風景画《ふうけいが》も得意《とくい》だしさ。ほんとすごいよ」

「そう………かな」

「ああ。マジで由絵《ゆえ》はうちのクラスの自慢《じまん》だから」

（うわっ！　秋斗《あきと》くんにほめられちゃった）

秋斗《あきと》はサッカー部《ぶ》に入《はい》っている。短《みじか》くサラサラの髪《かみ》がさわやかで、キリッとしたすずやかな目《め》をしていて、女子《じょし》の人気《にんき》が高《たか》い。由絵《ゆえ》もひそかにあこがれていた。

「きっと、由絵《ゆえ》は有名《ゆうめい》になると思《おも》うな」

「えっ、わ、私《わたし》が有名《ゆうめい》？」

「ああ、これだけ絵《え》がうまいんだから、きっとプロになると思《おも》う。画家《がか》とかイラストレーターとか」

秋斗《あきと》は由絵《ゆえ》の机《つくえ》に手《て》をおいて、白《しろ》い歯《は》を見《み》せる。

「もし、画家《がか》になったら、すごいよな。描《か》いた絵《え》が高《たか》く売《う》れるし、美術館《びじゅつかん》に展示《てんじ》されるかもしれないぞ」

「画家《がか》って、売《う》れないことも多《おお》いみたいだよ」

「由絵《ゆえ》なら大丈夫《だいじょうぶ》だって。有名《ゆうめい》になったらサインくれよな」

「う……………うん」

由絵《ゆえ》はもじもじと体《からだ》を動《うご》かす。

(やっぱり、絵《え》をほめられるのってうれしい。しかも秋斗《あきと》くんが、そんなに私《わたし》を認《みと》めてくれてたなんて)

「ねぇねぇ、由絵《ゆえ》」

ミホが由絵《ゆえ》の肩《かた》をたたく。

「交通安全《こうつうあんぜん》のポスターも描《か》くの？　たしか、募集《ぼしゅう》してたよね」

「あ、うん。そのつもりだよ」

由絵《ゆえ》は視線《しせん》を教室《きょうしつ》の壁《かべ》に向《む》ける。そこには掲示板《けいじばん》があり、『秋《あき》の交通安全《こうつうあんぜん》ポスター募集《ぼしゅう》』と書《か》かれた紙《かみ》がはられていた。

「たしか、入選《にゅうせん》したら賞金《しょうきん》ももらえるんだよね？」

「最優秀賞《さいゆうしゅうしょう》だと、二十万円《まんえん》かな」

由絵《ゆえ》は持《も》っていたシャーペンの先《さき》で机《つくえ》をトントンとたたく。

「問題《もんだい》はどんなアイデアにするかなんだよね。交通安全《こうつうあんぜん》のポスターだから、かわいい絵《え》だとまずいし」

「たしかにそうだね。でも、由絵《ゆえ》ならいけるんじゃない」

「いやぁー、さすがに入選《にゅうせん》は難《むずか》しいと思《おも》うよ。うちの中学《ちゅうがく》だけじゃなくて、全国《ぜんこく》から応募《おうぼ》があるはずだから」

「由絵《ゆえ》ならいけるって！」

「そうだな」

ミホの言葉《ことば》に、秋斗《あきと》が同意《どうい》した。

「入選《にゅうせん》したら、同《おな》じクラスの俺《おれ》たちも鼻《はな》が高《たか》いし、がんばれよ」

「……うん！」

由絵《ゆえ》は赤《あか》くなった顔《かお》をかくすように、頭《あたま》をさげた。


夕食《ゆうしょく》のあと、由絵《ゆえ》は自分《じぶん》の部屋《へや》でポスターの下描《したが》きを始《はじ》めた。

「交通安全《こうつうあんぜん》かぁ……」

シャーペンで横断歩道《おうだんほどう》を渡《わた》っている子供《こども》の絵《え》を描《か》いてみる。

「……これはダメだな。構図《こうず》もいまいちだし」

消《け》しゴムで下描《したが》きを消《け》した。

「シートベルトをしてる女《おんな》の子《こ》はどうかな……」

今度《こんど》は、車《くるま》の後部座席《こうぶざせき》でシートベルトをしている女《おんな》の子《こ》の絵《え》を描《か》く。

「……これもダメだ。動《うご》きがないし、地味《じみ》だ」

由絵《ゆえ》はイスの背《せ》にもたれかかって、両手《りょうて》を上《うえ》に伸《の》ばした。

「もっと斬新《ざんしん》なアイデアじゃないと、入選《にゅうせん》するのは難《むずか》しいか」

(秋斗《あきと》くんにほめられるためにも、いい絵《え》を描《か》かないと…………)

「おーい、由絵《ゆえ》」

その時《とき》、ドアが開《ひら》いて父親《ちちおや》が部屋《へや》に入《はい》ってきた。手《て》には数枚《すうまい》の紙《かみ》を持《も》っている。

「ちょっと見《み》てくれよ。なつかしいものが出《で》てきたんだ」

「なつかしいもの？」

「ああ。パパが昔描《むかしか》いた絵《え》だよ」

そう言《い》って、父親《ちちおや》は絵《え》を机《つくえ》の上《うえ》においた。絵《え》は色鉛筆《いろえんぴつ》で描《か》かれていて、紙《かみ》のはしが黄《き》ばんでいた。

「へーっ、パパの絵《え》かー」

由絵《ゆえ》は父親《ちちおや》の描《か》いた絵《え》を手《て》に取《と》る。ラグビーをしている男《おとこ》の子《こ》、花畑《はなばたけ》の中《なか》にいる猫《ねこ》、祭《まつ》りで踊《おど》っている人《ひと》たちの姿《すがた》が描《えが》かれていた。

「なかなかうまいだろ？」

父親《ちちおや》が花畑《はなばたけ》の絵《え》を指《ゆび》さす。

「ほら、この猫《ねこ》なんか、すごくかわいく描《か》けてるし」

「まあまあかなー。色使《いろづか》いは悪《わる》くないと思《おも》うけど…………んっ？」

由絵《ゆえ》の視線《しせん》が一枚《まい》の絵《え》に固定《こてい》された。

その絵《え》は交通事故《こうつうじこ》の絵《え》で、大型《おおがた》のトラックが横断歩道《おうだんほどう》の近《ちか》くにあるへいにぶつかってい
る様子《ようす》を、三人《にん》の子供《こども》たちが見《み》ている構図《こうず》だった。

(この構図《こうず》…………けっこう迫力《はくりょく》あるな。これをポスターにしたら目立《めだ》つかも)

由絵《ゆえ》のノドがごくりと鳴《な》った。

(何《なに》かに応募《おうぼ》した絵《え》ってわけじゃなさそうだし、ちょっとアレンジすれば問題《もんだい》ないよね)

「んんっ？　由絵《ゆえ》も絵《え》を描《か》いてたのか？」

父親《ちちおや》がポスターの下描《したが》きを見《み》て、由絵《ゆえ》に聞《き》いてきた。

「交通安全《こうつうあんぜん》のポスターコンクールに応募《おうぼ》しようと思《おも》ってね」

「そっかー。由絵《ゆえ》はパパに似《に》て、絵《え》が上手《じょうず》だからな」

「パパより、私《わたし》のほうがうまいから」

そう言《い》って、由絵《ゆえ》は父親《ちちおや》のおなかを手《て》で押《お》して、部屋《へや》から出《で》ていくようにうながした。

由絵《ゆえ》はさっそく、父親《ちちおや》の絵《え》を見《み》ながら下描《したが》きを始《はじ》めた。

「えーと…………背景《はいけい》はパパの絵《え》のままでいいか」

シャーペンでへいを描《か》き、その奥《おく》に赤《あか》い屋根《やね》の家《いえ》を描《か》く。

「トラックを真《ま》ん中《なか》に描《か》いて…………その前《まえ》に電信柱《でんしんばしら》と横断歩道《おうだんほどう》を…………」

真剣《しんけん》な表情《ひょうじょう》で、由絵《ゆえ》は手《て》を動《うご》かす。

「あとは、手前《てまえ》から事故《じこ》を見《み》ている人《ひと》たちを描《か》いて…………と」

(事故《じこ》を見《み》ている人《ひと》は秋斗《あきと》くんにしようかな。あとの二人《ふたり》はミホと美鈴《みすず》の髪形《かみがた》を参考《さんこう》にしよう。モデルがいたほうがリアリティでるし)

一時間後《じかんご》、ポスターの下描《したが》きが完成《かんせい》した。

へいにぶつかっているトラックと、それを見《み》ている人《ひと》たちの構図《こうず》は悪《わる》くないが、なんだか迫力《はくりょく》がない気《き》がした。

「うーん…………いまいちかなぁ」

うなるような声《こえ》をだして、由絵《ゆえ》は頭《あたま》をかいた。

「なんかいいアイデアが…………あっ！」

（そうだ！　トラックにはねられた女《おんな》の子《こ》を描《か》いちゃおう。そうすれば、交通事故《こうつうじこ》の怖《こわ》さを表現《ひょうげん》できるはず）

由絵《ゆえ》は横断歩道《おうだんほどう》の上《うえ》に倒《たお》れている女《おんな》の子《こ》を描《か》いてみた。

「……………うん！　いい感《かん》じ」

自分《じぶん》の描《か》いた下描《したが》きを見《み》て、満足《まんぞく》げにうなずく。

「よし！　あとはこれに色《いろ》をぬって…………」

カバンから水彩絵《すいさいえ》の具《ぐ》と筆《ふで》を取《と》りだし、由絵《ゆえ》は色《いろ》をぬりはじめた。

一週間後《いっしゅうかんご》、校舎一階《こうしゃいっかい》のろうかに秋《あき》の交通安全《こうつうあんぜん》ポスターがはりだされた。その中《なか》には由絵《ゆえ》の描《か》いたものもあった。

となりにいたミホが由絵《ゆえ》の描《か》いたポスターを見《み》て、感嘆《かんたん》の声《こえ》をもらした。

「さすが由絵《ゆえ》だね。他《ほか》のポスターとは段《だん》ちがいだよ」

「そう？」

「うん。へいにぶつかってるトラックも迫力《はくりょく》あるし、横断歩道《おうだんほどう》に女《おんな》の子《こ》が倒《たお》れているのがいいね。この子《こ》がトラックにはねられたってことでしょ？」

「そうだよ。交通事故《こうつうじこ》の怖《こわ》さを絵《え》にしたくてさ」

由絵《ゆえ》は、自分《じぶん》の描《か》いたポスターを自慢《じまん》げにながめた。

（やっぱり、これにして正解《せいかい》だった。横断歩道《おうだんほどう》に倒《たお》れている女《おんな》の子《こ》を描《か》いたら、リアルになったし。我《われ》ながらいいできだよ）

「へーっ、これが由絵《ゆえ》の描《か》いたポスターか………」

秋斗《あきと》の声《こえ》が背後《はいご》から聞《き》こえてきた。

「これ、迫力《はくりょく》あっていいよ。きっと入選《にゅうせん》すると思《おも》うぞ」

「………あ、ありがとう」

由絵《ゆえ》ははずかしそうに視線《しせん》を落《お》とす。

（やった。秋斗《あきと》くんも気《き》に入《い》ってくれたみたい。でも、自分《じぶん》がモデルになっているのは気《き》づいてないか。まあ、うしろ姿《すがた》だし、顔《かお》もちょっとしか見《み》えないからなぁー。ミホも気《き》づいてないし、そんなものかもね）

周囲《しゅうい》にいた生徒《せいと》たちも、由絵《ゆえ》の絵《え》をほめはじめた。

「この交通事故《こうつうじこ》の絵《え》が一番《いちばん》うまいよね」

「だね。構図《こうず》がいいし、トラックも立体感《りったいかん》がでてるよ」

「うちの中学《ちゅうがく》から入選《にゅうせん》するなら、これかな」

賞賛《しょうさん》の声《こえ》に、由絵《ゆえ》のほおがゆるむ。

(これなら、本当《ほんとう》に入選《にゅうせん》できるかも………)

「由絵《ゆえ》さん」

担任《たんにん》の白川先生《しらかわせんせい》が、由絵《ゆえ》に声《こえ》をかけてきた。白川先生《しらかわせんせい》は五十代《だい》の女《おんな》の先生《せんせい》で国語《こくご》を担当《たんとう》していた。

「ちょっと職員室《しょくいんしつ》に来《き》て」

「え？　どうしたんですか？」

「そのポスターのことで話《はなし》があるの」

白川先生《しらかわせんせい》は眉《まゆ》をひそめて、由絵《ゆえ》の描《か》いたポスターを見《み》つめた。

職員室《しょくいんしつ》で、白川先生《しらかわせんせい》は自分《じぶん》のイスに腰《こし》をかけた。

「………あのね。あなたが描《か》いたポスター、残酷《ざんこく》すぎるんじゃないかって、先生《せんせい》たちの間《あいだ》で問題《もんだい》になってるのよ」

「残酷《ざんこく》………ですか？」

「ええ。特《とく》に女《おんな》の子《こ》の絵《え》が………」

白川先生《しらかわせんせい》は、困《こま》った顔《かお》で白髪《しらが》まじりの髪《かみ》の毛《け》にふれる。

「あの子《こ》、トラックにはねられて、横断歩道《おうだんほどう》に倒《たお》れているのよね？」

「はい。でも、うつぶせになってて顔《かお》は見《み》えないし、そんなに大《おお》きく描《えが》いているわけじゃないから」

「でもねぇー。ちょっと生々《なまなま》しい感《かん》じがするの」

「生々《なまなま》しい？」

「だって、あの子《こ》、死《し》んでるってことでしょ？　人《ひと》が死《し》んだ姿《すがた》を描《か》くのはねぇ」

（………何《なに》それ）

由絵《ゆえ》は唇《くちびる》を強《つよ》くかんだ。

（女《おんな》の子《こ》が倒《たお》れてるだけじゃん。別《べつ》に死《し》んだってきまっているわけじゃないし。それに、

かってないよ）

交通事故《こうつうじこ》の怖《こわ》さを表現《ひょうげん》するなら、あれを描《か》いたほうがいいはずなのに。白川先生《しらかわせんせい》は全然《ぜんぜん》わ
「だから、あの女《おんな》の子《こ》の絵《え》は修正《しゅうせい》したらどうかな？」

「修正《しゅうせい》…………ですか？」

「そう。コンクールの審査期間《しんさきかん》はまだ先《さき》だから、修正《しゅうせい》はできるのよ。たとえば、あの女《おんな》の子《こ》の姿《すがた》を白《しろ》くぼやけるようにして…………」

「まあまあ、白川先生《しらかわせんせい》」

すると、となりの席《せき》で話《はなし》を聞《き》いていた美術《びじゅつ》の荒井先生《あらいせんせい》が口《くち》を開《ひら》いた。

「私《わたし》はあのままでいいと思《おも》いますよ」

「えっ？　そうですか？」

「あれは印象《いんしょう》に残《のこ》りますからね。絵《え》のタッチもリアルで、構図《こうず》にインパクトがあります」

その言葉《ことば》に、由絵《ゆえ》の顔《かお》がぱっと明《あか》るくなった。

（やっぱり、わかる人《ひと》にはわかるんだよ。ポスターの審査員《しんさいん》だって、私《わたし》の絵《え》を認《みと》めてくれるはず）

由絵《ゆえ》は両手《りょうて》をぐっとにぎりしめる。

(つまんないお利口《りこう》さんの絵《え》じゃダメなんだよ。審査員《しんさいん》が目《め》をみはるような作品《さくひん》でないと、入選《にゅうせん》するはずないし)

荒井先生《あらいせんせい》が由絵《ゆえ》に近《ちか》づいた。

「なかなかいいポスターだと思《おも》うよ。入選《にゅうせん》するといいな」

「は、はいっ!」

由絵《ゆえ》は元気《げんき》よく返事《へんじ》をした。

(そうだ! あの絵《え》をもっとリアルにしよう。そのほうが絶対《ぜったい》に目立《めだ》つはずだし)

次《つぎ》の日《ひ》の朝《あさ》、由絵《ゆえ》はいつもより早《はや》く家《いえ》を出《で》た。学校《がっこう》に着《つ》くと、ポスターがはってあるろうかに向《む》かう。周囲《しゅうい》に人《ひと》の姿《すがた》はなく、校内《こうない》はしんと静《しず》まり返《かえ》っている。

「よし! 今《いま》のうちに……」

カバンから画材《がざい》を取《と》りだし、自分《じぶん》の描《か》いたポスターの修正《しゅうせい》を始《はじ》めた。

「あれ？　この絵《え》………」

となりのクラスの女《おんな》の子《こ》が由絵《ゆえ》のポスターを見《み》て、足《あし》を止《と》めた。

「昨日《きのう》とちがう気《き》がする」

「あ、本当《ほんとう》だ」

横《よこ》にいた男《おとこ》の子《こ》がポスターに顔《かお》を近《ちか》づけた。

「トラックのガラスにひびが入《はい》っているし、背景《はいけい》も描《か》きこまれてるよな」

「すごくよくなってるね」

「うん。これ描《か》いた子《こ》、相当《そうとう》、絵《え》がうまいな」

（よしよし！）

離《はな》れた場所《ばしょ》から二人《ふたり》の会話《かいわ》を聞《き》いていた由絵《ゆえ》は、ぐっとこぶしをにぎりしめた。

（線《せん》を足《た》して、影《かげ》を入《い》れたら、リアルになったよ。トラックのガラスにひびを入《い》れたのも正解《せいかい》だった。あれで事故《じこ》の恐怖感《きょうふかん》が増《ま》したし）

他《ほか》の生徒《せいと》たちも、由絵《ゆえ》のポスターを見《み》て、驚《おどろ》いた顔《かお》をしている。

（この調子《ちょうし》で、どんどん変《か》えていこう。審査期間《しんさきかん》まで、まだ時間《じかん》があるから）

由絵《ゆえ》はにんまりと笑《わら》いながら、教室《きょうしつ》に向《む》かった。

夜《よる》、家《いえ》のダイニングで夕食《ゆうしょく》のカレーライスを食《た》べていると、むかいに座《すわ》っていた父親《ちちおや》が声《こえ》をかけてきた。

「由絵《ゆえ》、交通安全《こうつうあんぜん》の絵《え》は描《か》きあげたのか？」

「あ、う、うん」

由絵《ゆえ》のほおがぴくりと動《うご》く。

「学校《がっこう》のろうかにはりだされてるよ。審査《しんさ》はまだだけど」

「へーっ、で、どんなのにしたんだ？」

「…………別《べつ》にたいしたことないやつだよ」

視線《しせん》をそらして、由絵《ゆえ》はウーロン茶《ちゃ》が入《はい》ったコップに手《て》を伸《の》ばす。

（パパの絵《え》をまねたってバレたくないな。てきとうにごまかしとこう）

「交通事故《こうつうじこ》のシーンを描《か》いただけ」

「そうか。絵《え》もいいけど、ちゃんと勉強《べんきょう》もするんだぞ」

父親《ちちおや》はそう言《い》って、カレーライスを口《くち》に運《はこ》ぶ。

由絵《ゆえ》はほっと胸《むね》をなでおろして、ウーロン茶《ちゃ》を飲《の》んだ。

（よかった。あんまり聞《き》かれなくて。まあ、あれはもう完全《かんぜん》に私《わたし》の作品《さくひん》になってるけどね。女《おんな》の子《こ》の絵《え》も描《か》き足《た》しているし）


それから、毎日《まいにち》、由絵《ゆえ》はポスターの修正《しゅうせい》を続《つづ》けた。

トラックの細部《さいぶ》を描《か》きこみ、ガラス越《ご》しに運転手《うんてんしゅ》が頭《あたま》を抱《かか》えている姿《すがた》も追加《ついか》した。

少《すこ》しずつ変化《へんか》していく由絵《ゆえ》のポスターに、多《おお》くの生徒《せいと》たちの注目《ちゅうもく》が集《あつ》まった。

「この絵《え》………リアルですごいよね」

「うん。他《ほか》のポスターと全然《ぜんぜん》ちがうよ」

「きっと、これが入選《にゅうせん》すると思《おも》うな」

自分《じぶん》の描《か》いたポスターをほめる言葉《ことば》に、由絵《ゆえ》の胸《むね》が高鳴《たかな》った。


いつものように早朝《そうちょう》に学校《がっこう》に着《つ》いた由絵《ゆえ》は、ポスターがはりだされたろうかに向《む》かった。

（今日《きょう》はどこを描《か》き足《た》そうかな。あっ、へいにひびを入《い》れるのもいいかもしれない。トラックがぶつかっているんだし）

自分《じぶん》のポスターの前《まえ》に立《た》ち、ペンをにぎりしめる。

「あれ…………？」

由絵《ゆえ》の瞳《ひとみ》に、ポスターの中《なか》で倒《たお》れている女《おんな》の子《こ》が映《うつ》った。女《おんな》の子《こ》の頭《あたま》から赤《あか》い液体《えきたい》が流《なが》れだしていて、横断歩道《おうだんほどう》に広《ひろ》がっている。

（なんだこれ？　こんなの描《か》いたっけ？）

眉間《みけん》にしわを寄《よ》せて、ポスターに顔《かお》を近《ちか》づける。

（これって、血《ち》みたいだ…………）

由絵《ゆえ》の背筋《せすじ》がぞくりと震《ふる》える。

「いや…………でも…………」

（ぐっと生々《なまなま》しくなってよくなったかも。まるで、本当《ほんとう》に女《おんな》の子《こ》がトラックにはねられたみたいな…………）

「これ、いいかもしんない」

由絵《ゆえ》は自分《じぶん》のポスターを見《み》ながら、何度《なんど》もうなずいた。

昼休《ひるやす》み、由絵《ゆえ》の描《か》いたポスターの前《まえ》に多《おお》くの生徒《せいと》たちが集《あつ》まっていた。

(うわっ、すごい人気《にんき》だ!)

由絵《ゆえ》は人混《ひとご》みをかきわけて、壁《かべ》にはってあるポスターに近《ちか》づく。

ポスターを見《み》ていた美鈴《みすず》が、由絵《ゆえ》の耳《みみ》に顔《かお》を寄《よ》せる。

「由絵《ゆえ》、これ、描《か》き足《た》しすぎじゃない?」

「描《か》き足《た》しすぎ?」

「うん。ちょっと怖《こわ》いよ」

「えーっ? これぐらいで?」

「だって、倒《たお》れている女《おんな》の子《こ》、血《ち》を流《なが》してるじゃん。これはマズイ気《き》がする」

「そうかなぁー」

「うーん……………」

美鈴《みすず》の横《よこ》にいた秋斗《あきと》が首《くび》をかしげた。

「うまいけど、ちょっとなぁ………」

(んっ？　秋斗《あきと》くんも気に入《い》らないのか)

由絵《ゆえ》は、自分《じぶん》の描《か》いた女《おんな》の子《こ》の絵《え》に視線《しせん》を留《と》める。

「あれ………？」

うつぶせになっていた女《おんな》の子《こ》の顔《かお》が、わずかにこっちを向《む》いていた。顔《かお》の部分《ぶぶん》は黒《くろ》くぬりつぶされていて表情《ひょうじょう》はわからないが、由絵《ゆえ》には女《おんな》の子《こ》が自分《じぶん》を見《み》ているように思《おも》えた。

(顔《かお》の向《む》きが変《か》わってる？　女《おんな》の子《こ》の顔《かお》は見《み》えないようにしてたのに………。私《わたし》、こんな風《ふう》に描《か》いてないよ)

じっとりと背中《せなか》に汗《あせ》がにじんだ。


五時間目《じかんめ》の授業《じゅぎょう》は数学《すうがく》だった。

担当《たんとう》の南先生《みなみせんせい》が黒板《こくばん》に数式《すうしき》を書《か》く。

「………この場合《ばあい》、x《エックス》は3になるってことだな」

周囲《しゅうい》の生徒《せいと》たちは真剣《しんけん》な顔《かお》で、南先生《みなみせんせい》の授業《じゅぎょう》を聞《き》いている。

しかし、由絵《ゆえ》の耳《みみ》に授業《じゅぎょう》の内容《ないよう》は届《とど》いてこなかった。

何《なに》も書《か》いていない数学《すうがく》のノートを開《ひら》いたまま、汗《あせ》ばんだ手《て》でシャーペンをにぎりしめる。

(どういうこと？　私《わたし》の絵《え》を誰《だれ》かが描《か》き直《なお》した？)

首《くび》を左右《さゆう》に振《ふ》って、自分《じぶん》の考《かんが》えを否定《ひてい》する。

(ううん。直《なお》した跡《あと》なんてなかった……。それに、そんなことする意味《いみ》なんてない)

真《ま》っ黒《くろ》にぬりつぶされた女《おんな》の子《こ》の顔《かお》を思《おも》いだして、由絵《ゆえ》の口《くち》の中《なか》がからからに乾《かわ》いた。

(気《き》持《も》ち悪《わる》いっ！　ちゃんと描《か》き直《なお》そう。みんなの評判《ひょうばん》もよくないし)


放課後《ほうかご》、由絵《ゆえ》はペンを持《も》って一階《いっかい》のろうかに向《む》かった。薄暗《うすぐら》いろうかに人《ひと》の姿《すがた》はなく、周囲《しゅうい》の空気《くうき》が冷《つめ》たく感《かん》じた。

「よし！　誰《だれ》もいない。今《いま》のうちに………えっ？」

自分《じぶん》のポスターを見《み》た由絵《ゆえ》の足《あし》が止《と》まった。

ポスターの中《なか》の女《おんな》の子《こ》の絵《え》が、また変化《へんか》していた。真《ま》っ黒《くろ》にぬりつぶされていた女《おんな》の子《こ》の顔《かお》が白《しろ》くなっており、目《め》と口《くち》のようなものが描《か》きこまれていたのだ。

ほら穴《あな》のような女《おんな》の子《こ》の目《め》と由絵《ゆえ》の視線《しせん》が合《あ》った。

「な…………なんで？」

持《も》っていたペンが床《ゆか》に落《お》ちて、カシャンと音《おと》をたてる。

(そんなバカな？　どうして顔《かお》が描《か》かれてるの？)

両足《りょうあし》が小刻《こきざ》みに震《ふる》えだし、全身《ぜんしん》の血《ち》が冷《ひ》えていく。

「こんなこと…………ありえない」

「あれ？　由絵《ゆえ》だ」

帰《かえ》り支度《じたく》をした美鈴《みすず》が由絵《ゆえ》に歩《あゆ》み寄《よ》ってきた。

「また、ポスター描《か》き直《なお》してるの？　気合《きあ》い入《い》れすぎだって」

そう言《い》って、美鈴《みすず》は由絵《ゆえ》のポスターをちらりと見《み》る。

「そういえば、このポスターの場所《ばしょ》って、校門前《こうもんまえ》の交差点《こうさてん》だよね」

「えっ？」

「だって、へいの形《かたち》と信号機《しんごうき》の位置《いち》がそのままだから。赤《あか》い屋根《やね》の家《いえ》もあの交差点《こうさてん》にあるしさ」

「あ………」

「そうでしょ？　由絵《ゆえ》」

「………う、うん」

由絵《ゆえ》はあわてて首《くび》をたてに動《うご》かす。

（たしかに校門前《こうもんまえ》の交差点《こうさてん》と同《おな》じだ。これって…………）

「どうかしたの、由絵《ゆえ》？　顔《かお》が真《ま》っ青《さお》だよ」

「…………ちょっと顔《かお》を洗《あら》ってくる」

由絵《ゆえ》は早足《はやあし》でその場《ば》から離《はな》れた。

誰《だれ》もいないトイレにかけこんで、由絵《ゆえ》は父親《ちちおや》に電話《でんわ》をかけた。スマートフォンから父親《ちちおや》の声《こえ》が聞《き》こえてくる。

『………由絵《ゆえ》、どうしたんだ？』

「あ、パパ。ちょっと聞《き》きたいことがあるの」

『聞《き》きたいこと？』

「うん。パパが前《まえ》に見《み》せてくれた交通事故《こうつうじこ》の絵《え》のことだよ」

『交通事故《こうつうじこ》の絵《え》？』

「ほらっ、トラックがぶつかってる絵《え》だよ」

『あーっ、あれがどうかしたのか？』

「あれって、うちの中学校《ちゅうがっこう》の校門前《こうもんまえ》で描《か》いたの？」

『………ああ。あの事故《じこ》は本当《ほんとう》にひどかったよ』

「え………？」

由絵《ゆえ》の心臓《しんぞう》がどくりと音《おと》をたてた。

「ひどかったって………」

『あの絵《え》を描《か》いたのは、パパが中学生《ちゅうがくせい》のころでな。学校《がっこう》の課題《かだい》で交通安全《こうつうあんぜん》のポスターを描《か》くことになったんだよ。でも、構図《こうず》がなかなかきまらなくてさ。そんな時《とき》、校門《こうもん》の前《まえ》で女《おんな》の子《こ》がトラックにはねられちゃったんだ』

「女《おんな》の子《こ》が………」

『横断歩道《おうだんほどう》の上《うえ》で、血《ち》を流《なが》して倒《たお》れてたんだよ』

「じゃあ、あの絵《え》は本当《ほんとう》の事故《じこ》…………」

『うん。これだ！　って思《おも》って描《か》いたんだよ。でも、やっぱりポスターにするのはまずいと思《おも》って、あの絵《え》とは別《べつ》のを学校《がっこう》に提出《ていしゅつ》したんだ』

「…………そ、その女《おんな》の子《こ》って、助《たす》かったの？」

『いや。亡《な》くなったらしい』

父親《ちちおや》の言葉《ことば》に、由絵《ゆえ》は息《いき》をのんだ。


電話《でんわ》を切《き》った由絵《ゆえ》は、ふらふらとした足《あし》どりでろうかを歩《ある》きだした。

（あの校門前《こうもんまえ》の交差点《こうさてん》で、女《おんな》の子《こ》がトラックにはねられて死《し》んでいた。その事故《じこ》の構図《こうず》を私《わたし》がポスターに使《つか》ったんだ）

視線《しせん》を窓《まど》に向《む》けると、夕陽《ゆうひ》に照《て》らされた校門《こうもん》が見《み》えた。

（どうして私《わたし》は女《おんな》の子《こ》を描《か》いたんだろう？　偶然《ぐうぜん》？　それとも、事故《じこ》で死《し》んだ女《おんな》の子《こ》が私《わたし》に描《か》かせた？）

両足《りょうあし》が小刻《こきざ》みに震《ふる》えだす。

「……ば、バカなこと考《かんが》えるな！　きっと、誰《だれ》かのイタズラなんだ！」

自分《じぶん》に言《い》い聞《き》かせて、由絵《ゆえ》はふたたびポスターのはってあるろうかに向《む》かった。

自分《じぶん》の描《か》いたポスターを見《み》て、由絵《ゆえ》の表情《ひょうじょう》が硬《かた》くなった。

ポスターの中《なか》の女《おんな》の子《こ》が、真《ま》っ黒《くろ》な目《め》で自分《じぶん》を見《み》つめている。

底《そこ》の見《み》えない穴《あな》のような目《め》で…………。

（もういいっ！　コンクールなんて関係《かんけい》ない。こんなポスター、破《やぶ》りすててやる！）

由絵《ゆえ》はポスターに近《ちか》づいた。

その瞬間《しゅんかん》、絵《え》の中《なか》の女《おんな》の子《こ》が動《うご》いた。口《くち》を大《おお》きく開《ひら》いて、由絵《ゆえ》に向《む》かって細《ほそ》い手《て》を伸《の》ばす。

『オ……オオ……オ………』

女《おんな》の子《こ》の口《くち》から気味《きみ》の悪《わる》い声《こえ》が聞《き》こえてくる。

「ひ、ひいいいっ！」

悲鳴《ひめい》をあげながら、由絵《ゆえ》はその場《ば》から逃《に》げだした。

昇降口《しょうこうぐち》から校舎《こうしゃ》を出《で》て、校庭《こうてい》を走《はし》り抜《ぬ》ける。

(こんなこと、あるはずないのに…………)

「イヤだ…………イヤだ…………イヤだっ！　私《わたし》は関係《かんけい》ないっ！」

首《くび》を左右《さゆう》に振《ふ》りながら、由絵《ゆえ》は叫《さけ》んだ。

(私《わたし》は絵《え》を描《か》いただけだよ。事故《じこ》に遭《あ》った女《おんな》の子《こ》のことなんて、何《なに》も知《し》らなかったのに)

「なんで、私《わたし》の絵《え》の中《なか》にいるの？　勝手《かって》に死《し》んでてよっ！」

校門《こうもん》を通《とお》りすぎ、交差点《こうさてん》にさしかかった瞬間《しゅんかん》、周囲《しゅうい》が薄暗《うすぐら》くなった。

視線《しせん》を右《みぎ》に向《む》けると、自分《じぶん》に迫《せま》ってくる大型《おおがた》のトラックが見《み》えた。

「あ…………」

避《よ》ける間《ま》もなく、トラックが真横《まよこ》から由絵《ゆえ》にぶつかった。

ドンと大《おお》きな音《おと》がして、由絵《ゆえ》の体《からだ》が飛《と》ばされる。

トラックは、へいにぶつかって止《と》まった。

「ぐっ……………あ…………」

全身《ぜんしん》に強《つよ》い痛《いた》みを感《かん》じて、由絵《ゆえ》は顔《かお》をゆがめた。

（私《わたし》………トラックにはねられて………）

自分《じぶん》が横断《おうだん》歩道《ほどう》の上《うえ》に倒《たお》れていることに気《き》づく。白《しろ》いラインが自分《じぶん》の血《ち》で赤《あか》く染《そ》まっていた。

（あれ？　ここって………私《わたし》が描《か》いた交差点《こうさてん》………）

「う………ううっ………」

うめき声《ごえ》をあげて、由絵《ゆえ》は視線《しせん》を動《うご》かす。

倒《たお》れている自分《じぶん》を見《み》ている秋斗《あきと》とミホ、美鈴《みすず》の姿《すがた》が見《み》えた。三人《にん》とも、両目《りょうめ》を大《おお》きく開《ひら》いて、由絵《ゆえ》を見《み》ている。

「あ………秋斗《あきと》く………ん」

秋斗《あきと》に向《む》かって、手《て》を伸《の》ばす。

その時《とき》、由絵《ゆえ》は気《き》づいた。

（そうか………。あの絵《え》の中《なか》の女《おんな》の子《こ》は………）

由絵《ゆえ》の視界《しかい》が真《ま》っ白《しろ》になり、その意識《いしき》は永遠《えいえん》に失《うしな》われた。

秋斗《あきと》は目《め》の前《まえ》の光景《こうけい》を見《み》て、呆然《ぼうぜん》と立《た》ちすくんだ。

横断歩道《おうだんほどう》の上《うえ》に倒《たお》れている由絵《ゆえ》はぴくりとも動《うご》かず、大量《たいりょう》の血《ち》が横断歩道《おうだんほどう》に流《なが》れだしている。

その先《さき》では、大型《おおがた》トラックがへいにぶつかっていた。トラックのガラスにはひびが入《はい》っていて、中《なか》にいる運転手《うんてんしゅ》が頭《あたま》を抱《かか》えている姿《すがた》が見《み》える。

「な…………なぁ」

秋斗《あきと》はミホと美鈴《みすず》に声《こえ》をかけた。

「これ……由絵《ゆえ》が描《か》いたポスターにそっくりだよな」

「あ…………」

ミホと美鈴《みすず》は同時《どうじ》に声《こえ》をだした。

ミホが色《いろ》を失《うしな》った唇《くちびる》に手《て》をあてる。

「……本当《ほんとう》だ。こんなことって……」

三人《にん》は、事故《じこ》を見《み》ている自分《じぶん》たちの姿《すがた》もポスターに描《か》かれていたことに気《き》づき、その顔《かお》を強張《こわば》らせた。

校舎《こうしゃ》の一階《いっかい》のろうかを歩《ある》いていた女《おんな》の子《こ》たちが、由絵《ゆえ》のポスターの前《まえ》で足《あし》を止《と》めた。

「あれ？　このポスターって、朝見《あさみ》た時《とき》とちがう気《き》がする」

「あ、そのポスターは作者《さくしゃ》の子《こ》がよく描《か》き直《なお》してるみたいだよ」

となりにいた女《おんな》の子《こ》が答《こた》えた。

「毎日《まいにち》、少《すこ》しずつ変《か》わってるからね」

「へーっ、そうなんだ」

女《おんな》の子《こ》はポスターに顔《かお》を近《ちか》づける。

「たしかに描《か》きこみすごいな。これって、校門前《こうもんまえ》の交差点《こうさてん》だよね？」

「うん。倒《たお》れてる女《おんな》の子《こ》もリアルな感《かん》じで…………んっ？」

「どうしたの？」

「ここに別《べっ》の女《おんな》の子《こ》が描《か》かれてるの」

トラックの前《まえ》に立《た》っている女《おんな》の子《こ》の絵《え》を指《ゆび》さした。

絵《え》の中《なか》の女《おんな》の子《こ》は両手《りょうて》をだらりとさげ、横断歩道《おうだんほどう》に倒《たお》れている女《おんな》の子《こ》を真《ま》っ黒《くろ》な目《め》で見《み》つめていた。

「どうして、こんなところに女《おんな》の子《こ》を描《か》き足《た》したんだろ?」

「倒《たお》れている女《おんな》の子《こ》を心配《しんぱい》している設定《せってい》かな」

「……それはちがうと思《おも》うよ。だって、この子《こ》……笑《わら》っているもん」

絵《え》の中《なか》の女《おんな》の子《こ》の口《くち》は黒《くろ》くぬりつぶされていて、笑《え》みの形《かたち》をつくっていた。

エピローグ

七十一時間目《じかんめ》の授業《じゅぎょう》は、これで終《お》わりです。

絵《え》を描《か》くのが大好《だいす》きな少女《しょうじょ》。

少女《しょうじょ》は父親《ちちおや》の描《か》いた絵《え》を参考《さんこう》にして、交通安全《こうつうあんぜん》のポスターを描《か》きあげました。

しかし、父親《ちちおや》の絵《え》は、本当《ほんとう》に起《お》こった交通事故《こうつうじこ》を見《み》て描《か》いたものだったのです。

そして、少女《しょうじょ》は自分《じぶん》が描《か》いたポスターと同《おな》じように、トラックにはねられてしまいました。

他人《たにん》の賞賛《しょうさん》を求《もと》めすぎて、あんな風《ふう》に絵《え》を描《か》き足《た》さなければ、こんな結末《けつまつ》にはならなかったのかもしれませんね。

せっかく絵《え》の才能《さいのう》があったのに、残念《ざんねん》です。

あ…………少女《しょうじょ》は、今《いま》も絵《え》を描《か》いているかもしれません。

この世《よ》ではないところで………。

さて、皆《みな》さんも絵《え》を描《か》いてみたくなりましたか？

もし、描《か》きたい題材《だいざい》がないようでしたら、私《わたし》なんかいかがでしょう。

喜《よろこ》んで、モデルになりますよ。

それでは、次回《じかい》の絶叫学級《ぜっきょうがっきゅう》で、お目《め》にかかりましょう。

絶叫学級《ぜっきょうがっきゅう》

この作品は、集英社よりコミックスとして刊行された『絶叫学級』5、8、16、20巻をもとに、ノベライズしたものです。

集英社みらい文庫

絶叫学級《ぜっきょうがっきゅう》

人気者《にんきもの》の正体《しょうたい》 編《へん》

いしかわえみ　原作・絵

桑野和明《くわのかずあき》　著

ファンレターのあて先

〒101-8050　東京都千代田区一ツ橋 2-5-10　集英社みらい文庫編集部

いただいたお便りは編集部から先生におわたしいたします。

2017 年 5 月 31 日　第 1 刷発行

2020 年 7 月 15 日　第 5 刷発行

発行者　北畠輝幸

発行所　株式会社 集英社

〒101-8050　東京都千代田区一ツ橋 2-5-10

電話　編集部 03-3230-6246

読者係 03-3230-6080

販売部 03-3230-6393（書店専用）

http://miraibunko.jp

装　丁　小松　昇（Rise Design Room）　中島由佳理

印　刷　凸版印刷株式会社

製　本　凸版印刷株式会社

★この作品はフィクションです。実在の人物・団体・事件などにはいっさい関係ありません。

ISBN978-4-08-321372-4　C8293　N.D.C.913　186P　18cm

第《だい》12弾《だん》
家族《かぞく》のうらぎり編《へん》

第《だい》13弾《だん》
不幸《ふこう》を呼《よ》ぶ親友《しんゆう》編《へん》

第《だい》14弾《だん》
死《し》を招《まね》く都市《とし》伝説《でんせつ》編《へん》

第《だい》15弾《だん》
呪《のろ》われた初恋《はつこい》編《へん》

第《だい》16弾《だん》
満《み》たされないココロ編《へん》

第《だい》17弾《だん》
笑顔《えがお》の裏《うら》の本音《ほんね》編《へん》

第《だい》18弾《だん》
ナイモノねだりの報《むく》い編《へん》

第《だい》19弾《だん》
人気者《にんきもの》の正体《しょうたい》編《へん》

第《だい》20弾《だん》
いびつな恋愛《れんあい》編《へん》

第《だい》21弾《だん》
つきまとう黒《くろ》い影《かげ》編《へん》

第《だい》22弾《だん》
悪意《あくい》にまみれた友《とも》だち編《へん》

第《だい》23弾《だん》
災《わざわ》いを生《う》むウワサ編《へん》

第《だい》24弾《だん》
悪魔《あくま》のいる教室《きょうしつ》編《へん》

第《だい》25弾《だん》
むきだしの願望《がんぼう》編《へん》

第《だい》26弾《だん》
還《かえ》り道《みち》のない旅《たび》編《へん》

第《だい》27弾《だん》
黄泉《よみ》の誕生《たんじょう》編《へん》

第《だい》28弾《だん》

最新刊《さいしんかん》

むしばまれた家《いえ》編《へん》

悪魔《あくま》の力《ちから》を使《つか》えば、あなたの
どんな望《のぞ》みでも叶《かな》えることができますよ。
でも、悪魔《あくま》の力《ちから》を使《つか》うのは、
絶対《ぜったい》に一度《いちど》きりにしてください。
一度《いちど》きりなら何《なに》も起《お》こりません。
ただし、二度《にど》、
三度《さんど》使《つか》えば、
取《と》り返《かえ》しのつかない〝代償《だいしょう》〟を
いただくことになりますからね…。
5月《がつ》のある日《ひ》、古畑《ふるはた》カレンのクラスに転校《てんこう》してきたクールな美少年《びしょうねん》・御影深紅《みかげしんく》。彼《かれ》は、人間《にんげん》に悪魔《あくま》の力《ちから》を貸《か》し与《あた》える“悪魔使《あくまつか》い”だった！
悪魔《あくま》の力《ちから》で、望《のぞ》みをかなえてくれる“神《かみ》”か!?
それとも、人々《ひとびと》をおとしいれる“悪魔《あくま》”か!?
恐《おそ》るべき転校生《てんこうせい》がやってくる!!!

真坂マサル作 シソ絵
悪魔《ま》使《つか》いはほほえまない
災《わざわ》いを呼《よ》ぶ転《てん》校《こう》生《せい》
集英社みらい文庫

「みらい文庫《ぶんこ》」読者《どくしゃ》のみなさんへ

言葉《ことば》を学《まな》ぶ、感性《かんせい》を磨《みが》く、創造力《そうぞうりょく》を育《はぐく》む……、読書《どくしょ》は「人間力《にんげんりょく》」を高《たか》めるために欠《か》かせません。たった一枚《いちまい》のページをめくる向《む》こう側《がわ》に、未知《みち》の世界《せかい》、ドキドキのみらいが無限《むげん》に広《ひろ》がっている。これこそが「本《ほん》」だけが持《も》っているパワーです。

学校《がっこう》の朝《あさ》の読書《どくしょ》に、休《やす》み時間《じかん》に、放課後《ほうかご》に……。いつでも、どこでも、すぐに続《つづ》きを読《よ》みたくなるような、魅力《みりょく》に溢《あふ》れる本《ほん》をたくさん揃《そろ》えていきたい。読書《どくしょ》がくれる、心《こころ》がきらきらしたり胸《むね》がきゅんとする瞬間《しゅんかん》を体験《たいけん》してほしい、楽《たの》しんでほしい。みらいの日本《にほん》、そして世界《せかい》を担《にな》うみなさんが、やがて大人《おとな》になった時《とき》、「読書《どくしょ》の魅力《みりょく》を初《はじ》めて知《し》った本《ほん》」「自分《じぶん》のおこづかいで初《はじ》めて買《か》った一冊《いっさつ》」と思《おも》い出《だ》してくれるような作品《さくひん》を一所懸命《いっしょけんめい》、大切《たいせつ》に創《つく》っていきたい。

そんないっぱいの想《おも》いを込《こ》めながら、作家《さっか》の先生方《せんせいがた》と一緒《いっしょ》に、私《わたし》たちは素敵《すてき》な本作《ほんづく》りを続《つづ》けていきます。「みらい文庫《ぶんこ》」は、無限《むげん》の宇宙《うちゅう》に浮《う》かぶ星《ほし》のように、夢《ゆめ》をたたえ輝《かがや》きながら、次々《つぎつぎ》と新《あたら》しく生《う》まれ続《つづ》けます。

本《ほん》を持《も》つ、その手《て》の中《なか》に、ドキドキするみらい――。本《ほん》の宇宙《うちゅう》から、自分《じぶん》だけの健《すこ》やかな空想力《くうそうりょく》を育《そだ》て、〝みらいの星《ほし》〟をたくさん見《み》つけてください。

そして、大切《たいせつ》なこと、大切《たいせつ》な人《ひと》をきちんと守《まも》る、強《つよ》くて、やさしい大人《おとな》になってくれることを心《こころ》から願《ねが》っています。

2011年《ねん》 春《はる》

集英社《しゅうえいしゃ》みらい文庫編集部《ぶんこへんしゅうぶ》